지난 과거를 돌이켜 아쉬워하고,
아직 오지 않은 미래에 집착하는 삶은 고통으로 다가온다.
사랑도, 행복도, 불행도 모두 자신이 낳은 문제이다.
그렇기에 삶의 해답은 언제나 스스로 우리를 찾아온다.
시에는 치유의 힘이 있다.
아프고 상처받은 영혼을 아름답고 빛나게 해준다.
눈으로 읽어 내리며 가슴으로 느끼는 시는
삶의 냄새를 담는다.

2018년 여름

삶이 너에게 해답을 가져다줄 것이다

삶이 너에게 해답을 가져다줄 것이다

1판 1쇄 발행 2008년 10월 27일
2판 1쇄 발행 2016년 7월 7일
3판 1쇄 발행 2018년 8월 1일
3판 8쇄 발행 2024년 1월 10일

엮은이 김용택
펴낸이 신혜경
펴낸곳 마음의숲

대 표 신혜경
기 획 권대웅
편 집 최은경
디자인 김은아

출판등록 2006년 8월 1일(제2006-000159호)
주 소 서울특별시 마포구 와우산로30길 36 마음의숲빌딩(창전동 6-32)
전 화 (02) 322-3164~5 팩스 (02) 322-3166
이메일 maumsup@naver.com
인스타그램 @maumsup
용지 월드페이퍼(주) 인쇄·제본 (주)상지사P&B

ISBN 979-11-6285-005-3 (03810)

*값은 뒤표지에 있습니다.

*이 도서의 국립중앙도서관 출판예정도서목록(CIP)은 e-CIP홈페이지(http://www.nl.go.kr/ecip)와
국가자료공동목록시스템(http://www.nl.go.kr/kolisnet)에서 이용하실 수 있습니다.
(CIP제어번호: CIP2018022479)

이 책에 실린 시들 중 〈아이들을 위한 기도〉는 저자와 연락이 닿지 않아서 시의 게재 허락을 받지 못했습니다.
책이 출간된 이후에도 계속 연락을 취해 허락을 받고 게재료를 지불하겠습니다.

삶이 너에게
해답을
가져다줄 것이다

김용택 엮음

마음의숲

시인의 말

한편의 시로 슬프고, 기쁘고,
때로 또 즐거워 웃는 날들이 있을 것이다

힘든 인생의 고비에서 한편의 시가 주저앉은 나를 일으켜 세워줄 때가 있었다. 어떤 이의 지나가는 말 같은 시 한 구절이, 아까와는 다른 지금을, 어제와는 다른 오늘을 가져다줄 때가 내게 있었다.

이제 시는 문학을 하는 시인들과 시 애호가들만의 것이 아니라 누구나 쉽게 읽을 수 있는 시의 대중화 시대가 되었다. 좋아하는 시를 자신이 직접 필사하고, 캘리그라피로 써서 발표하고 선물하기도 한다. 시가 일상 속으로 들어와 우리들의 삶을 풍요롭게 가꾸어주는 것이다.

좋은 시 구절이 있으면 멋을 내 손글씨로 직접 써보자.
가까운 벗들이 모이면 낭송도 해보자.
그러다 보면 시가 삶의 '해답을 가져다줄'지도 모른다.

이 시집은 2008년 10월에 처음으로 1판 1쇄를 발행했다. 그 후 2016년 7월 증보판으로 발행해 많은 독자에게 사랑받고 읽혀왔는데, 2018년 여름 시 몇 편을 추가하고 표지와 본문 판형을 바꾸어 새롭게 수채화풍으로 리메이크해서 독자들에게 선보인다.

한편의 시로 슬프고, 기쁘고, 때로 또 즐거워 웃는 날들이 있을 것이다. 살다 보면 무슨 수가 있다.

에밀리 디킨슨의 이 말을 잊지 말자.
"상처 입은 사슴이 가장 높이 뛴다."

2018년 여름

김용택

서문을 대신해

어느 날 문득 책 속에 파묻혀 있는
낯익은 시집이 눈에 들어왔다.
시집을 펼쳐 읽기 시작했다.
시들이 내 이마를 쳤다. 정신이 번쩍 들었다.
이 시집을 엮어 낸 지 꽤 되었다.
그러나 시들은 잠들지 않았다.
그때가 실은 지금이다.
처음 시를 엮었을 때 썼던 서문을 다시 여기 옮기기로 했다.

아이들을 가르칠 때 빈 교실에 홀로 앉아
어두워지는 운동장 끝을 바라보며 읽던 시
소쩍새 처음 울던 깊은 밤, 문득 깨어 눈 비비며 읽던 시
찬 이슬이 발등을 적시던 논두렁을 걸으며 읽던 시
저문 물을 따르다가 물소리를 놓치고,
강굽이에 앉아 울며 읽던 시
사랑은 떠나고, 검은 산이 내 앞에 버티고 있을 때 읽던 시
삶의 길이 끊기고 사라질 때마다
캄캄한 어둠을 더듬으며 읽던 시

그 시들, 내 삶에 해답을 가져다주던 시들을 모았다.
한 편의 시가 넘어진 나를 일으켜 세울 때가 있었다.
이 시들이 지금 당신의 생각을 흔들어
새로운 길을 만들 수 있다.

초록 빗방울이 가문 당신 마음을 적시는 2016년 여름,
개정판을 내며 엮은이 김용택

차례

그럼에도 불구하고

마더 테레사

사람들은 흔히 비이성적이며
논리적이지도 않고 이기적이다.
그럼에도 불구하고 그들을 용서하라.

만약 당신이 사람들을 친절하게 대한다면
사람들은 당신이 다른 속셈을 숨기고
친절하게 대한다고 의심할 것이다.
그럼에도 불구하고 친절하게 대하라.

만약 당신이 성공하려면
가식적인 친구들과 진정한 적들의 벽을
넘어서야 할 것이다.
그럼에도 불구하고 성공하라.

만약 당신이 성실하고 정직하게 살더라도
사람들은 당신을 속여 마음 아프게 할 것이다.
그럼에도 불구하고 정직하게 살아라.

무언가를 이루기 위해
여러 해 동안 흘린 당신의 땀방울을
누군가 한순간에 물거품으로 만들어버릴 수도 있다.
그럼에도 불구하고 계속 이루려고 노력하라.

만약 당신이 평온하고 행복한 삶을 산다면
사람들은 당신을 시샘할 것이다.
그럼에도 불구하고 행복하게 살아가라.

오늘 당신이 사람들에게 선행을 해도
사람들은 내일이면 그것을 다 잊어버릴 것이다.
그럼에도 불구하고 선행하라.

당신이 가진 모든 것을 이 세상을 위해
아낌없이 베풀어도
세상은 결코 충분하다고 말하지 않을 것이다.
그럼에도 불구하고 아낌없이 베풀어라.

당신이 알다시피,
이 모든 것들은 결국 신과 당신과의 문제다.
절대로 당신과 그들과의 문제가 아니다.

여유

윌리엄 헨리 데이비즈

그것이 무슨 인생인가, 근심으로 가득 차
잠시 멈춰 서 바라볼 시간조차 없다면.

나뭇가지 아래서 양과 소의 순수한 눈길로
펼쳐진 풍경을 차분히 바라볼 시간이 없다면.

숲을 지나면서 수풀 속에 도토리를 숨기는
작은 다람쥐들을 바라볼 시간이 없다면.

대낮에도 마치 밤하늘처럼 반짝이는 별들을
가득 품은 시냇물을 바라볼 시간이 없다면.

아름다운 여인의 다정한 눈길에 고개를 돌려,
춤추는 그 고운 발을 바라볼 시간이 없다면.

눈가에서 시작된 그녀의 환한 미소가
입가로 번질 때까지 기다릴 시간이 없다면.

얼마나 가여운 인생인가, 근심으로 가득 차
잠시 멈춰 서 바라볼 시간조차 없다면.

마지막 깨달음

인디언 격언

마지막 나무가 사라진 뒤에야

마지막 강이 더렵혀진 뒤에야

마지막 물고기가 잡힌 뒤에야

그들은 깨닫게 되리라.

인간이 돈을 먹고 살 수는 없다는 것을.

조심하라

작자 미상

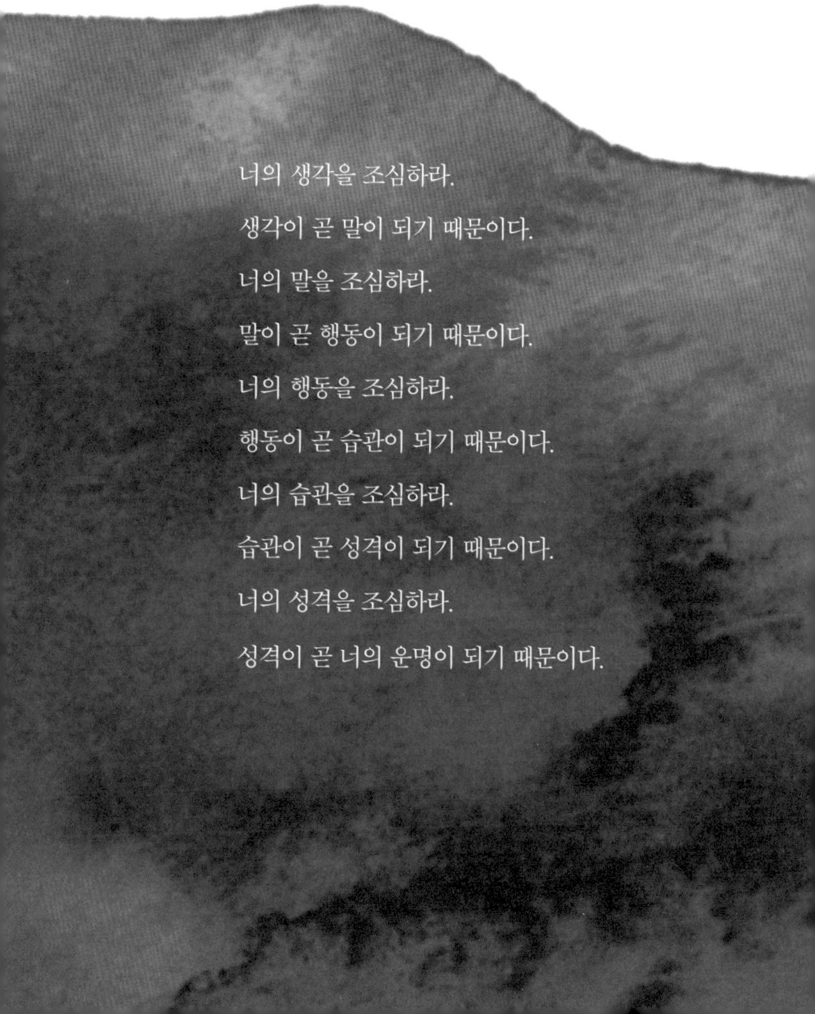

너의 생각을 조심하라.

생각이 곧 말이 되기 때문이다.

너의 말을 조심하라.

말이 곧 행동이 되기 때문이다.

너의 행동을 조심하라.

행동이 곧 습관이 되기 때문이다.

너의 습관을 조심하라.

습관이 곧 성격이 되기 때문이다.

너의 성격을 조심하라.

성격이 곧 너의 운명이 되기 때문이다.

영혼

에릭 갈라

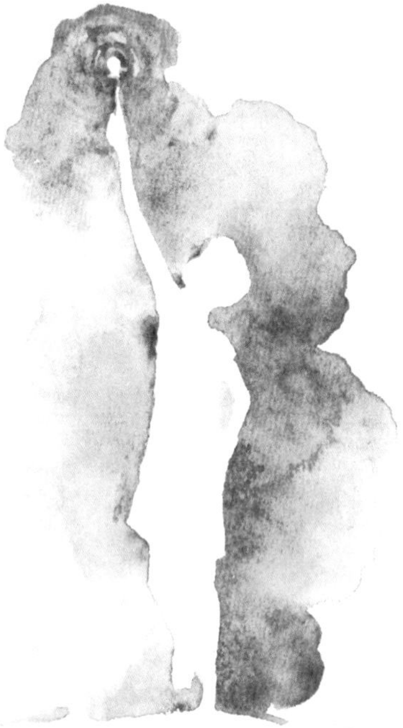

눈을 감아라,
너의 마음을 들여다볼 수 있게.
귀를 막아라,
너의 마음을 들을 수 있게.
마음 쓰지 마라,
그리고 너의 마음을 생각하라.

너의 눈이 보이지 않을 때,
너의 마음이 보일 것이다.
너의 음성이 떨릴 때,
너의 마음이 들릴 것이다.
너의 마음이 부족할 때,
너의 심장은 답을 가질 것이다.

너의 심장을 기억하라,
이는 사랑을 여는 실마리다.
모든 사랑을 기억하라,
사랑은 너의 영혼을 여는 열쇠다.
너의 영혼을 기억하라,
이는 너의 근원이다.

다시는 방황하지 않으리

조지 고든 바이런

이렇게 밤 깊어가도록
우리 다시는 방황하지 않으리.
아직도 마음은 사랑에 불타고
아직도 달빛은 빛나고 있지만.
칼날은 칼집을 닳게 하고,
영혼은 가슴을 헤어지게 하는 것이니.
마음에도 숨 돌릴 멈춤이 있어야 하고,
사랑에도 휴식이 있어야 하리.
밤은 사랑을 위해 이루어진 것.
그 밤 너무 빨리 지나간다 해도
우리 다시는 방황하지 않으리.
달빛을 받으며.

용기勇氣

요한 볼프강 폰 괴테

신선한 공기, 빛나는 태양,

맑은 물, 그리고

친구들의 사랑.

이것만 있거든 낙심하지 마라.

기도

라빈드라나트 타고르

위험으로부터 벗어나게 해달라고 기도하지 말고
위험에 처해도 두려워하지 않게 해달라고
기도하게 하소서.

고통이 멎게 해달라고 기도하지 말고
고통을 이겨낼 가슴을 달라고 기도하게 하소서.

생의 싸움터에서 함께 싸울 동료를 보내달라고
기도하는 대신
스스로의 힘을 갖게 해달라고 기도하게 하소서.

두려움 속에서 구원을 갈망하기보다는
스스로 자유를 찾을 인내심을 달라고 기도하게 하소서.

나 자신의 성공에서만 신의 자비를 느끼는
겁쟁이가 되지 않도록 하시고
나의 실패에서도 신의 손길을 느끼게 하소서.

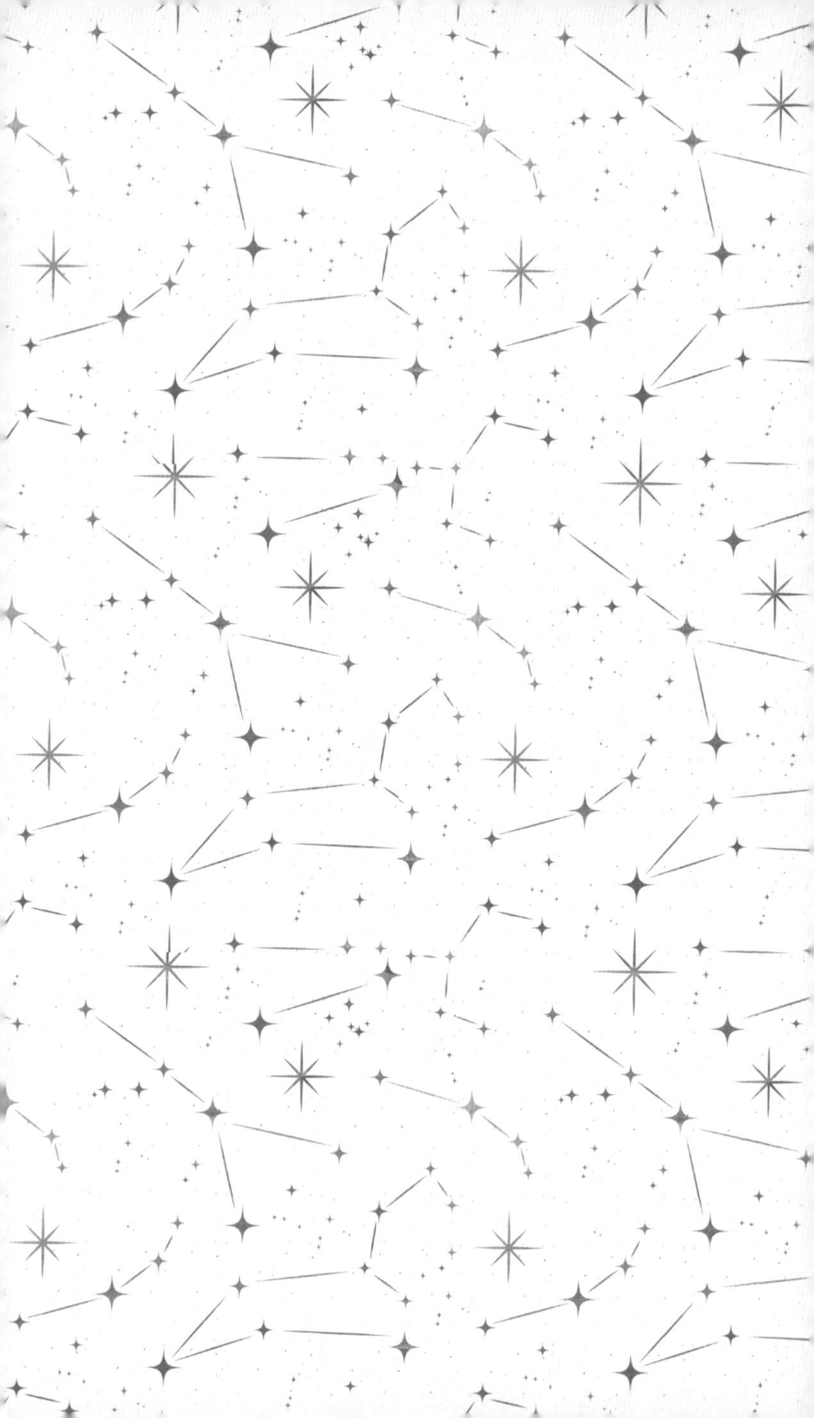

삶이 그대를 속일지라도

알렉산드르 푸시킨

삶이 그대를 속일지라도
슬퍼하거나 노하지 말라.
슬픔의 날을 참고 견디면
기쁨의 날이 찾아오리니.

현재는 언제나 슬픈 것,
마음은 미래에 사는 것,
모든 것은 순간적인 것, 지나가는 것이니
그리고 지난 것은 항상 그리워지니라.

씨 뿌리는 계절

빅토르 위고

지금은 해질녘
나는 문간에 앉아
일하는 마지막 순간을 비추는
하루의 끝을 찬미합니다.

남루한 옷을 걸친 한 노인이
밤이슬 젖은 땅에
미래의 수확을 한 줌 가득 뿌리는 것을
흐뭇한 마음으로 바라봅니다.

그의 크고 검은 그림자가
이 넓은 밭을 가득 채우니
그가 계절의 소중함을 얼마나 믿고 있는지
우리는 알겠습니다.

농부는 넓은 들판을 오가며
멀리 씨를 뿌리고
손을 폈다가는 다시 시작하고
나는 숨은 목격자, 혼자 쳐다봅니다.

떠들썩한 소리 들려오는 저 그림자가
장막의 깃을 펴며
별나라에까지 이를 듯해
나는 씨 뿌리는 이의 장엄한 모습을 지켜봅니다.

목장

로버트 프로스트

샘물 치러 나가볼까 합니다.
그저 물 위의 나뭇잎이나 건져내려고요.
물이 맑아지는 걸 지켜볼지도 모르겠어요.
오래 안 걸릴 거예요. 같이 가시지요.

엄마 소 옆에 있는
어린 송아지를 데리러 가려고 해요.
너무 어려서
엄마 소가 핥으면 비틀거리지요.
오래 안 걸릴 거예요. 같이 가시지요.

안개 속에서

헤르만 헤세

안개 속을 거니는 것은 신기하다.
덤불과 돌은 저마다 외롭고
나무들도 서로가 보이지 않는다.
모두가 다 혼자다.

내 인생이 아직 밝던 때에
세상은 친구로 가득했다.
하지만 지금 안개 내리니
아무도 보이지 않는다.

인간을 어쩌지도 못하게
슬그머니 떼어놓는 어둠을
전혀 모르는 이는 모든 면에서
진정 현명하다고 할 수 없다.

안개 속을 거니는 것은 신기하다.
산다는 것은 외롭다는 것이다.
사람은 서로를 알지 못한다.
모두가 다 혼자다.

인생

라이너 마리아 릴케

인생을
꼭 이해해야 할 필요는 없는 것이다.
그냥 내버려 두면 축제가 될 것이다.
길을 걸어가는 아이가
바람이 불 때마다 날려 오는
꽃잎들의 선물을 받아들이듯
하루하루가 네게 그렇게 되도록 하라.
꽃잎들을 모아 간직해두는 일 따위에
아이는 아랑곳하지 않는다.
제 머리카락 속으로 기꺼이 날아 들어온
꽃잎들을 아이는 살며시 떼어내고
사랑스런 젊은 시절을 향해
더욱 새로운 꽃잎을 향해 두 손을 내민다.

가슴속에 깃든 사랑의 미소

세리 도어티

안녕! 저예요.

나 여기 홀로 외로이 앉아

그대 꿈을 꿉니다.

내 가슴속에 미소를 깃들게 하는

그런 꿈들을요.

내 가슴에 조용히 비가 내리네

아르튀르 랭보

마음에 비가 내리듯
내 가슴속에 스며드는
이 우울함은 무엇일까.

땅과 지붕 위에 내리는
부드러운 빗소리에
우울한 가슴에 울리는
오! 비의 노래여.

병든 이 가슴에
공연히 비가 내리네.
오 뭐라고, 배반이 아니라고
이 슬픔은 이유가 없네.

이유를 모르는 건
가장 나쁜 고통.
사랑도 증오도 없지만
내 가슴은 고통투성이네.

어머니의 사랑

작자 미상

어머니의 사랑은 섬과 같다.
인생이라는 거대한 바다에서
쉴 새 없이 밀려오는 파도로부터
우리를 지켜주는 평화로운 안식처.

어머니의 사랑은 요새와 같다.
고난의 파도가 닥쳐와
절망 속으로 가라앉을 것만 같을 때,
우리는 그곳에서 안전함을 구한다.

어머니의 사랑은 신성한 장소다.
우리의 영혼이 쉬어 갈 수 있는 달콤한 휴식처.
분투와 긴장으로부터 숨을 돌릴 수 있는 곳.
빠르게 움직이는 삶과 헛된 추구로부터
은신할 수 있는 곳.

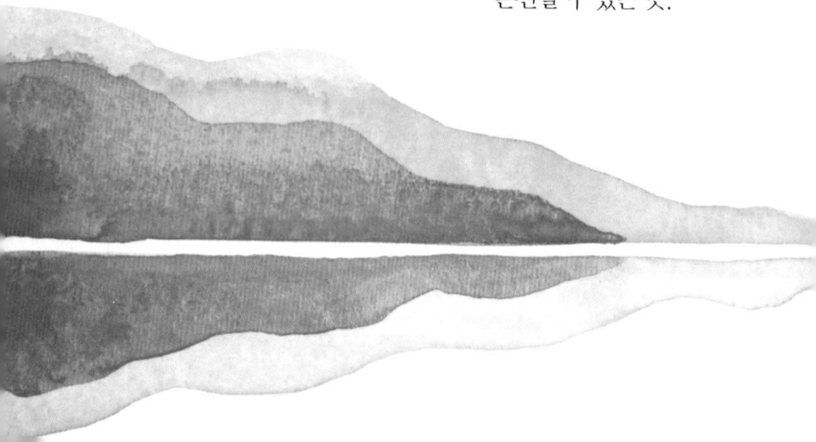

어머니의 사랑은 탑과 같다.
수많은 인파 위로 우뚝 솟아오른다.
그리고 그분의 미소는 햇살 같다.
두꺼운 구름을 뚫고 환하게 빛난다.

어머니의 사랑은 횃불과 같다.
믿음과 기도로 밝게 불타오르며
삶을 변화시키니,
우리는 그곳에서 천국을 발견할 수 있다.

어머니의 사랑은
신의 영원한 사랑을 닮았다.
이것은 끝도, 변함도 없다.
높은 곳에 계신 신의 사랑처럼.
지혜로운 신께서는 알고 계셨다.
당신께서 세상 모든 곳에 존재할 수 없음을.
그리하여 당신의 어린 자녀들을
사랑 가득한 어머니의 손길 안에 두셨다.

오늘 하루

랠프 왈도 에머슨

그대가 헛되이 보낸 오늘은

어제 죽어간 이들이

그토록 살고 싶어 하던 내일이다.

인생찬가

헨리 워즈워스 롱펠로

슬픈 사연으로 내게 말하지 마라,
인생은 한낱 허황된 꿈에 지나지 않는다고!
잠자는 영혼은 죽음이고
만물의 본체는 외양대로만은 아니란다.
인생은 진실! 인생은 진지한 것.
무덤이 그 목표는 아니다.
너는 본래 흙이니, 흙으로 돌아가리라.
이것은 영혼을 두고 한 말은 아니었다.
우리가 가야 할 곳, 혹은 가는 길은
향락이 아니고 슬픔도 아니며,
내일의 하루하루가 오늘보다 낫도록
행동하는 그것이 목적이요, 길이다.

예술은 길고 세월은 날아간다.

우리 심장은 튼튼하고 용감하면서도,

마치 감싸진 북과 같이 무덤을 향해

장송곡을 계속 울린다.

이 세상 넓은 싸움터에서,

인생의 노영 안에서,

말 못하고 쫓기는 짐승이 되지 말고,

싸움터에 나선 영웅이 되라.

기쁨

인디언 격언

네가 태어났을 때
너는 울었고
세상은 기뻐했다.

네가 죽었을 때에는
세상이 울고
네가 기뻐할 수 있는 삶을 살라.

너무 작은 심장

장 루슬로

작은 바람이 말했다.
내가 자라면
숲을 쓰러뜨려
나무들을 가져다 주어야지.
추워하는 모든 이들에게.

작은 빵이 말했다.
내가 자라면
모든 이들의 양식이 되어야지.
배고픈 사람들의.

그러나 그 위로
아무것도 아닌 것 같은
작은 비가 내려
바람을 잠재우고 빵을 녹여
모든 것들이 이전과 같이 되었다네.
가난한 사람들은 춥고
여전히 배가 고프지.
하지만 나는 그렇게 믿지 않아.
만일 빵이 부족하고 세상이 춥다면
그것은 비의 잘못이 아니라
사람들이 너무 작은 심장을 가졌기 때문이지.

국수가 먹고 싶다

이상국

사는 일은
밥처럼 물리지 않는 것이라지만
때로는 허름한 식당에서
어머니 같은 여자가 끓여 주는
국수가 먹고 싶다.

삶의 모서리에 마음을 다치고
길거리에 나서면
고향 장거리 길로
소 팔고 돌아오듯
뒷모습이 허전한 사람들과
국수가 먹고 싶다.

세상은 큰 잔칫집 같아도
어느 곳에선가
늘 울고 싶은 사람들이 있어.

마을의 문들은 닫히고
어둠이 허기 같은 저녁
눈물자국 때문에
속이 훤히 들여다보이는 사람들과
따뜻한 국수가 먹고 싶다.

서두르지 마라

찰스 슈와프

경험이 풍부한 노인은
곤란한 일에 부딪혔을 때
서두르지 말고
내일까지 기다리라고 말한다.

사실 하루가 지나면
좋든 나쁘든
사정이 달라질 수 있다.

노인은 시간의 비밀을 알고 있다.
사람의 힘으로는 해결 못할 일들을
시간이 해결해주는 때가 가끔 있다.

오늘 해결 못할 문제는

푹 자고 일어나서

내일 다시 생각하는 것이 좋다.

곤란한 문제를

해결하려 서두르기보다

한 걸음 물러서서

조용히 응시하는 것이 현명하다.

선물

세라 티즈데일

나는 한평생 살면서
내 첫사랑에게는 웃음을
두 번째 사랑에게는 눈물을
세 번째 사랑에게는 침묵을 주었다.

첫사랑은 내게 노래를 주었고
두 번째 사랑은 내 눈을 뜨게 했고
아, 그러나 내게 영혼을 준 것은
세 번째 사랑이었다.

천천히 가라.

너무 빨리 춤추지 마라.

일생을 애태우며 허둥지둥 사는 것은,

열어보지도 않은 선물을 버리는 것과 같다.

삶은 숨 가쁜 경주가 아니다.

조금 더 천천히 가라.

삶이 너에게 해답을 가져다줄 것이다

에크하르트 톨레

생각으로는 문제를 풀 수 없다.
오히려 문제를 더욱 복잡하게 만들 뿐
해답은 언제나 스스로 우리를 찾아온다.
복잡한 생각에서 한 걸음 벗어나
고요함 속에 진정으로 존재하는
바로 그 순간에 온다.
비록 찰나에 지나지 않는다 할지라도
그 순간 해답을 얻게 된다.

지나치게 깊은 생각에서 벗어나라.
그러면 모든 것이 변하리라.
자신을 남과 비교하거나
더 많은 것을 이루려 애쓰지 마라.
모든 이를 있는 그대로의 모습으로 받아들여라.
그들을 변화시킬 필요가 없다.
당신이 행복해지기 위해,
그들을 이용할 필요가 없다.

미래에 대한 생각으로
불충분한 자신의 존재가 완벽해지기를 꿈꾸지 마라.
강박관념에 사로잡혀 더 많은 것을 추구하려 할 뿐이다.
불행해지는 방법에는 두 가지가 있다.
원하는 것을 갖지 못하는 것과
원하는 것을 모두 갖는 것이다.

현재

레프 니콜라예비치 톨스토이

과거는 이미 존재하지 않고
미래는 아직 닥치지 않았으며
존재하는 것은 오직 현재뿐이다.

현재 안에서만 인간의 영혼에
자유로운 신성이 나타난다.

아이들은 사는 것을 배운다

도로시 로 놀트

만약 아이가 나무람 속에서 자라면, 비난을 배운다.
만약 아이가 적개심 속에서 자라면, 싸우는 것을 배운다.
만약 아이가 비웃음 속에서 자라면, 부끄러움을 배운다.
만약 아이가 수치 속에서 자라면, 죄의식을 배운다.
만약 아이가 관대 속에서 자라면, 신뢰를 배운다.
만약 아이가 격려 속에서 자라면, 고마움을 배운다.
만약 아이가 공평함 속에서 자라면, 정의를 배운다.
만약 아이가 보호 속에서 자라면, 믿음을 배운다.
만약 아이가 인정 속에서 자라면,
자기 자신을 좋아하는 것을 배운다.
만약 아이가 받아들임과 우정 속에서 자라면,
세상에서 사랑을 배운다.

사랑

피에르 드노프

누군가를 사랑한다는 것은
그에 대해 한 톨이라도
그릇된 생각을 갖지 않는 것이더군요.
가장 아름다운 모습을
그대로 소중하게 간직하는 것이더군요.
나의 삶이 온통 태양을 머금은 나뭇잎처럼
반짝이는 것이더군요.
내 머리 위에 맴돌던 나비 한 마리,
그 사람 어깨 위에 앉는 것이더군요.
그리해, 그 사람 없이는 한 순간도
살 수 없는 것이더군요.

바다

백석

바닷가에 왔드니
바다와 같이 당신이 생각만 나는구려.
바다와 같이 당신을 사랑하고만 싶구려.

구붓하고 모래톱을 오르면
당신이 앞선 것만 같구려.
당신이 뒤선 것만 같구려.

그리고 지중지중 물가를 거닐면
당신이 이야기를 하는 것만 같구려.
당신이 이야기를 끊은 것만 같구려.

바닷가는
개지꽃에 개지 아니 나오고
고기비늘에 하이얀 햇볕만 쇠리쇠리하야
어쩐지 쓸쓸만 하구려, 섧기만 하구려.

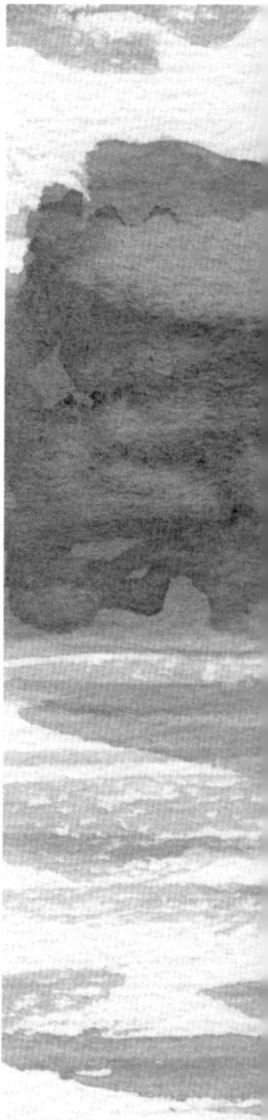

오늘은 죽기 좋은 날

작자 미상

모든 생명들이 나와 조화를 이루고
모든 소리가 내 안에서 합창을 하고
모든 아름다움이 내 눈에 녹아들고
모든 잡념이 내게서 멀어졌으니
오늘은 죽기 좋은 날.
나를 둘러싼 저 평화로운 땅
마침내 순환을 마친 저 들판
웃음이 가득한 나의 집
그리고 내 곁에 둘러앉은 자식들.
그렇다,
오늘이 아니면 언제 떠나겠는가.

사랑의 철학

퍼시 비셰 셸리

분수는 강과 섞인다.
강은 바다와 하나가 된다.
하늘에서 휘날리는 바람은
달콤한 감동과 영원히 함께한다.
이 세상 무엇도 혼자인 것은 없다.
모든 것에는 신성한 법칙이 있다.
다른 존재들은 다 함께 있는데
왜 나만 너의 것이 되지 못하는가?

산은 높은 하늘에 입맞춤을 건넨다.

파도는 다른 파도를 꼭 껴안는다.

어떠한 동종의 꽃도 형제를 경멸하는 것은

용서할 수 없다.

햇빛은 지구를 보듬는다.

그리고 달빛은 바다와 입을 맞춘다.

전 세계 모든 것들이 입을 맞추는데

왜 너는 나에게 입맞춤을 건네지 않는가?

하나

유트족

내 뒤에서 걷지 말라.

나는 지도자가 되고 싶지 않으니까.

내 앞에서 걷지 말라.

나는 추종자가 되고 싶지 않으니까.

내 옆에서 걸으라.

우리가 하나가 될 수 있도록.

좋은 인간

레프 니콜라예비치 톨스토이

좋은 일을 하려고 노력하기보다는
오히려 좋은 인간이 되도록 노력해야 한다.

빚을 내려고 전전긍긍하기보다는
깨끗한 인간이 되도록 노력해야 한다.

인간의 영혼은 유리그릇과 같다.
인간은 이 그릇을 더럽힐 수도,
더 깨끗이 빛나게 할 수도 있다.

생일

크리스티나 로세티

나의 마음은 물가에 둥지를 튼
한 마리의 노래하는 새와 같다.
나의 마음은 농익은 과일이 한껏 달려
큰 가지가 구부러진
한 그루의 사과나무와 같다.

나의 마음은 고요한 바다에서 물장난을 치는
무지갯빛 조가비와 같다.
나의 마음은 이 모든 것들보다 더 기쁨에 넘친다.
왜냐하면 나에게 사랑이 찾아왔기 때문이다.

비단과 새의 솜털로 단을 세우고
진홍빛으로 물든 모피를 걸어라.
이곳에 비둘기와 석류나무를 새겨놓고
수백 개의 눈을 가진 공작도 그려라.

은빛 붓꽃의 잎 속에
금과 은으로 만든 포도로 장식도 하라.
내 생애의 생일이 찾아왔으니
내 사랑도 찾아오리라.

내가 만약

헤르만 헤세

내가 만약

사랑이 어떤 것인지 알게 된다면

그것은

오직

그대 때문입니다.

사랑이라는 달콤하고 위험천만한 얼굴

자크 프레베르

사랑이라는
달콤하고 위험천만한 얼굴이
무척이나 오랜 세월이 흐른 후,
어느 날 저녁 내게 나타났지.
그것은 활을 가진
궁사였을까.
혹은 하프를 안은
악사였을까.
난 더 이상 모르네.
아무것도 모른다네.
내가 알고 있는 거라곤
그이가 내 맘에 상처를 입혔다는 것뿐.
화살이었을까.
노래였을까.
내가 알고 있는 거라곤
그이가 내 가슴에 상처를 심었다는 것뿐.

영원히

뜨겁게 타오르는 너무도 뜨겁게 불타오르는

사랑의 상처.

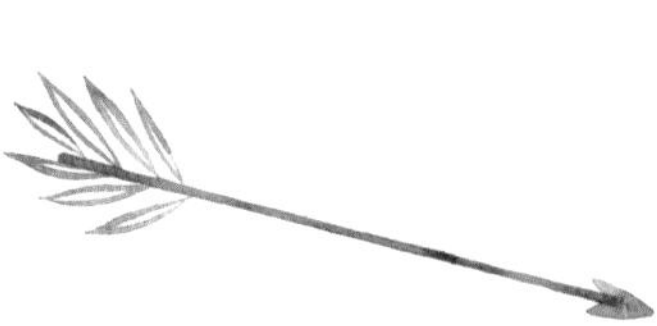

봄에게

헤르만 헤세

컴컴한 무덤 속에 누워
나는 오랫동안 꿈꾸었습니다.
당신의 나무들과 파란 바람결과
당신의 향기와 새들의 노래를.

이제 당신은 마음을 활짝 열고
하얀빛을 흠뻑 뒤집어쓴 채
찬란한 장식을 반짝이며
내 눈앞에 기적처럼 누워 있습니다.

당신은 나를 다시 알아보고
나를 부드럽게 유혹합니다.
당신이 있어 행복감에
나의 온몸이 떨려옵니다.

인생

샬럿 브론테

믿어요, 인생은, 현자들의 말처럼
그렇게 어두운 꿈은 아닐 거라고.
종종 아침에 내리는 약간의 비가
쾌적한 하루를 예고하죠.
가끔은 어두침침한 구름이 있지만,
모두 덧없어요.
만약 구름 때문에 소나기가 와서
장미꽃을 피게 한다면
비 오는 것이 왜 슬프겠어요?

빠르게, 즐겁게,
삶의 빛나는 나날은 빨리 지나가요.
감사하는 마음으로, 명랑하게,
흘러가는 나날들을 즐겨보세요.

죽음의 순간이 닥쳐와
우리의 절친한 친구를 데려간들 어때요?
슬픔이 이긴 것처럼 보이고,
희망이 이에 힘겹게 동요하는 것 같아도
무슨 상관이에요?
희망은 정복되지 않아요, 꺾이지도 않죠.
희망은 다시 탄력 있는 스프링처럼 올라올 겁니다.
희망의 금빛 날개를 달고 날아오를 것이고,
우리의 승리를 위해 우리를 잘 받쳐줄 테니,
씩씩하게, 근심 없이,
시련의 날들을 견디세요.
훌륭하게, 영광스럽게,
용기는 절망을 이겨낼 수 있어요!

후회

헨리 데이비드 소로

후회를 최대한 즐기라.

슬픔을 억누르지 말라.

후회를 보살피고 소중히 여기면

그만의 존재 목적을 가질 때가 올 것이다.

깊이 후회하는 것은

새롭게 태어나는 것이다.

비 오는 날

헨리 워즈워스 롱펠로

그날은 춥고 어둡고 적적하다.
비가 내리고, 바람은 절대 지치지 않는다.
포도나무는 무너져가는 벽에 여전히 매달려 있다.
그러나 매 돌풍마다 죽은 잎들이 떨어진다.
그리고 그날은 어둡고 적적하다.

내 삶은 춥고, 어둡고, 적적하다.
비가 내리고 바람은 절대 지치지 않는다.
내 생각은 무너져가는 과거에 여전히 매달려 있다.
그러나 어린 희망이 퍼붓는 돌풍에 의해 떨어진다.
그리고 그날은 어둡고 적적하다.

슬픈 마음아, 머물러라, 그리고 불평을 멈춰라.
구름 뒤의 태양은 여전히 빛나고 있다.
너의 운명은 모두의 운명이다.
가끔씩은 어둡고 적적한 날도 있어야 한다.

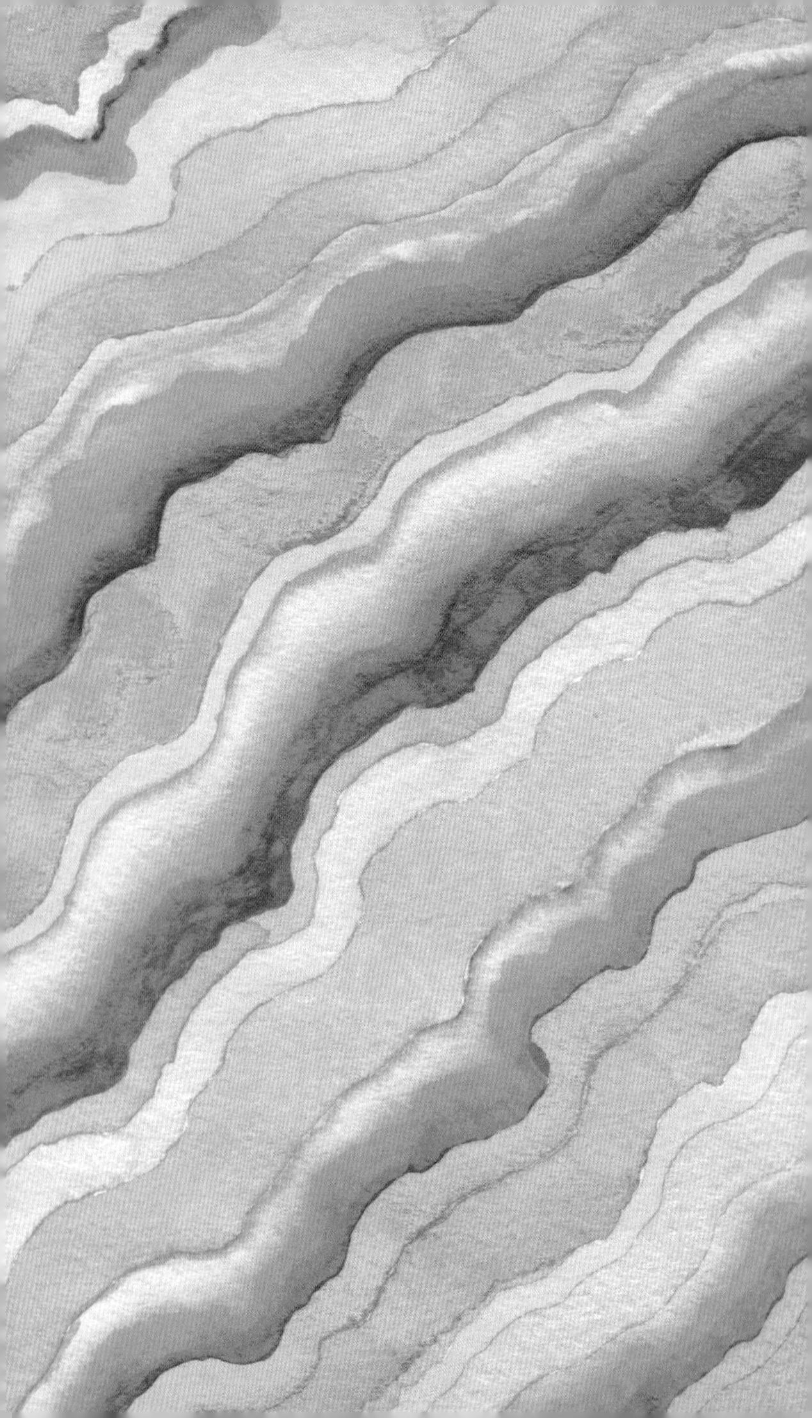

세월의 강물

장 루슬로

다친 달팽이를 보거든
도우려 들지 말아라.
그 스스로 궁지에서 벗어날 것이다.
당신의 도움은 그를 화나게 하거나
상심하게 만들 것이다.

하늘의 여러 시렁 가운데서
제자리를 떠난 별을 보게 되거든
별에게 충고하고 싶더라도
그만한 이유가 있을 것이라고 생각하라.

더 빨리 흐르라고
강물의 등을 떠밀지 말아라.
강물은 나름대로 최선을 다하고 있는 것이다.

지혜

세라 티즈데일

내가 불완전한 것들에 대항하느라
내 날개를 꺾어버리는 일을 그만둘 때,
좀처럼 열리지 않는 문 뒤에서 타협하는 법을 배울 때,
내 시야와 성숙한 고요함과 매우 냉철한 지혜로
삶을 바라볼 때,
삶은 나에게 진실을 가르쳐준다.
그리고 삶이 젊음을 가져가기에 진실을 배운다.

삶에 대한

작자 미상

마지막으로 회전목마 위의 아이를
지켜본 것이 언제인가?
땅바닥을 간질이는 빗줄기의 소리를
마지막으로 들은 것은 언제인가?
부산스럽게 날아다니는 나비를 쫓아가다가,
문득 멈춰 서서 저무는 태양을 바라본 적은 있는가?

천천히 가라.
너무 빨리 춤추지 마라.
시간은 짧다.
그 음악도 언젠가는 그칠 것이다.

매일 세상에서 가장 바쁜 사람처럼 허둥대지만,
아무리 노력해도 따라잡을 수가 없는가?
하루 일과를 모두 마치고 지친 몸을 뉘면,
내일 해야 할 사소한 일들이 끝도 없이 떠오르는가?

천천히 가라.
너무 빨리 춤추지 마라.
시간은 짧다.
그 음악도 언젠가는 그칠 것이다.

“내일은 꼭 같이 할 거죠?”라고 묻는 당신 아이의
슬픈 표정을 뒤로한 채, 대답을 망설인 적은 없는가?
“잘 지내지?”라는 짧은 안부 전화를 걸 시간이 없어서,
연락이 끊기고 소중한 우정을 잃어버린 적은 없는가?

천천히 가라.
너무 빨리 춤추지 마라.
시간은 짧다.
그 음악도 언젠가는 그칠 것이다.

어딘가를 향해 너무 빨리 달리면,
그곳에서 얻게 될 행복은 반으로 줄어든다.
일생을 애태우며 허둥지둥 사는 것은,
열어보지도 않은 선물을 버리는 것과 같다.
삶은 숨 가쁜 경주가 아니다.
조금 더 천천히 가라.
그 음악이 모두 끝나기 전에
아름다운 선율을 마음에 새겨라.

희망

브리안 퀸

주변에 온통 어둠의 그림자가 드리우고,
모두가 거역할 수 없는 운명처럼 느껴질 때도.
참혹한 절망감이 뼛속까지 스며들고,
매번 가쁜 숨을 몰아쉬어야 할 때도.
계속 나아가라, 절대로 멈추지 마라.
한줄기 희망만 있으면, 이 고비를 지날 수 있다.

살고자 하는 의지를 모두 빼앗겨,
이제 남은 것은 한줄기 희망이 전부일지 모른다.
이것마저 잃어버린다면,
그만 삶을 포기해버릴지도 모른다.
하지만 나약한 그 마음은 던져버려라.
그리고 자신에게 희망의 기회를 주어라.

자신에게 또 다른 하루를 허락하고,
부질없는 생각의 속삭임은 떨쳐버려라.
머리가 아닌 가슴의 이야기에 귀 기울인다면,
언제든 당신만의 인생을 다시 시작할 수 있다.
처음으로 걸음을 뗀 아기처럼 천천히 걸으며,
매 순간 새로운 희망을 만들어갈 수 있다.

그 길이 가파르고 오르기 힘들지라도
하루하루를 당신만의 희망으로 채워나가라.
과거의 쓰라린 상처는 모두 잊어라.
아직 오지 않은 미래를 두려워 마라.
기쁜 마음으로 오직 현재를 살아라.
희망 속에 살 때 삶은 보석처럼 빛날 것이다.

대지에 입 맞춰라

틱낫한

매 순간 평화를 보듬고 평화 위를 걸어라.

매 순간 행복을 보듬고 행복 위를 걸어라.

매 때마다 신선한 산들바람을 안고 걸어라.

매 때마다 꽃이 만개한 모습을 만들어라.

너의 발끝으로 대지에 입 맞춰라.

너의 사랑과 행복을 대지에 건네라.

대지는 안전할 것이다.

우리가 우리 스스로를 안정적으로 느낄 때.

아이들은 신으로부터 받은 선물이다

산드라 톨슨

신께서 나에게 특별히 살펴야 할
세 개의 꾸러미를 보내셨다.
대단히 귀한 것들이니
이 작은 선물들을 잘 돌봐라.

사랑을 다해 이들을 지켜봐라.
너의 손길을 느낄 수 있게 하라.
너는 이들에게 꼭 필요한 존재니
부족함이 없도록 잘 살펴라.

선물들이 아주 빨리 자란다는 사실을
얼마 지나지 않아 깨닫게 될 것이다.
그들을 온 마음으로 사랑하라.
그리고 어떤 모습이 되라고 강요하지 마라.

이 선물들이 완전히 성장했을 때
마음을 열고 하늘을 올려다보라.
그리고 신의 크나큰 사랑으로 인해
그들이 존재함을 다시 한 번 되새겨라.

만약 내가

에밀리 디킨슨

만약 내가
누군가의 가슴이 무너지는 것을
막을 수 있다면,
나 헛되이 사는 것은 아니리.
만약 내가
누군가의 삶에서 아픔을 덜어내고
고통을 누그러뜨릴 수 있다면,
지친 울새 한 마리를
다시 제 둥지로 돌려보낼 수 있다면,
나 헛되이 사는 것은 아니리.

내일

미첼 마크

내일은 누군가에게 건네보라.
네가 여태껏 본 적이 없는 미소를.
시간을 가지고 다른 사람을 생각하라.
네가 연민을 느끼고 있던 사람을.

내일은 누군가에게 말을 걸어보라.
그들이 어떻게 너의 날을 밝게 빛나게 했는지.
무조건 친절함을 건네보라.
너의 감정을 나타내라.

내일은 아이들을 안아보아라.
전보다 더 꽉 안아라.
모든 것들이 옳다고 확신하라.
모든 것에 감사하라.

너의 강아지를 조금 더 오래 다독거려줘라.
너의 남편, 아내를 안아주고 입맞춤을 건네라.
신이 너에게 준 것에 감사하라.
삶의 또 다른 날을.

고마운

켈리 클라슨

기도할 수 있어서 감사한다.
그리고 내 옆에 있는 너와 함께
배울 수 있어서 감사한다.
고맙고도 고마운 나의 사랑
너는 나의 삶을 계속해서 흔든다.

내가 지쳐 있을 때
나를 어떻게 미소 짓게 할지
너는 알고 있다.
이 순간과 즐거움에 감사한다.
내 삶에 네가 들어온 것에 대해.

난 부탁했다

미국 뉴욕의 신체장애인 회관에 적힌 시

나는 신에게 나를 강하게 만들어달라고 부탁했다.
내가 원하는 것을 이룰 수 있도록.
하지만 신은 나를 약하게 만들었다.
겸손해지는 법을 배우도록.

나는 신에게 건강을 부탁했다.
더 큰일을 할 수 있도록.
하지만 신은 내게 나약함을 주었다.
더 의미 있는 일을 하도록.

나는 부자가 되게 해달라고 부탁했다.
행복할 수 있도록.
하지만 나는 가난을 선물 받았다.
지혜로운 사람이 되도록.

나는 재능을 달라고 부탁했다.
그래서 사람들의 찬사를 받을 수 있도록.
하지만 난 열등감을 선물로 받았다.
신의 필요성을 느끼도록.

나는 신에게 모든 것을 부탁했다.
삶을 누릴 수 있도록.
하지만 신은 내게 삶을 선물했다.
모든 것을 누릴 수 있도록.

나는 내가 부탁한 것을 하나도 받지 못했지만
내게 필요한 모든 것을 선물 받았다.
나는 작은 존재임에도 불구하고
신은 내 무언의 기도를 다 들어주셨다.

모든 사람들 중에서
나는 가장 축복받은 사람이다.

삶의 기쁨

헬렌 켈러

우리의 삶에 뛰어넘어야 할 아무런 한계가 없다면,

우리가 하는 경험들의 결실은 기쁨을 잃어버린다.

어두운 골짜기를 지나가는 고난이 없다면,

산 정상에 서는 기쁨도 사라진다.

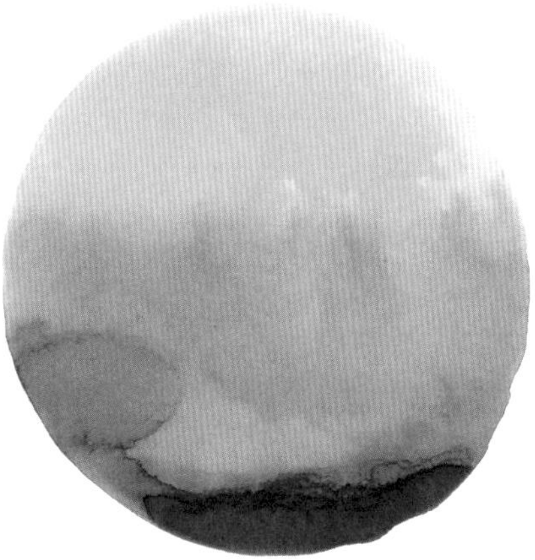

영원히 사는 비결

콘스탄틴 비르질 게오르규

어떤 경우에도 반드시 인간이 해야만 하는 일이 있다.
가령 세계의 종말이 명백하더라도
오늘 사과나무를 심는 것이다.
우리 선인들의 미래가 곧 우리의 오늘이다.
그들의 미래가 없었다면 우리의 오늘도 없었을 것이다.
세계는 나만의 것이 아니다.
나무에 뿌리와 줄기와 가지와 잎이 있는 것처럼,
이 세상도 사람들의 여러 미래들이 한데 어울려
우리의 오늘을 만들어주는 것이다.
나의 오늘을 위해 선인들이 사과나무를 심어놓았듯이,
우리도 다음 세대들을 위해 사과나무를 심어야 할 것이다.
그것이 영원히 사는 비결이다.

삶의 선택

론스

삶은 선택으로 가득하다.
올바른 것 하나를 확실히 선택해야 한다.
다른 이들의 말에 귀 기울이지 마라.
오직 자신의 목소리만 들어라.

많은 사람들이 얘기할 것이다.
당신의 모습을 변화시킬 필요가 있다고.
그들의 관점을 마음에 새겨두지 마라.
그처럼 완벽한 사람은 책 속에나 존재한다.

오직 한 목소리,
너는 이것만을 들어야 한다.
이것은 너를 옳은 길로 가도록 인도해줄 것이다.
이것은 너와 완벽하게 들어맞을 것이다.

너의 모습은 너 자신의 것이다.

누군가는 항상 너를 사랑할 것이다.

너는 절대 혼자가 아닐 것이다. 거울을 보라.

거울 속 그 사람이 너를 보고 있다.

그는 하늘의 천을 소망한다

윌리엄 버틀러 예이츠

내게 금빛 은빛으로
수놓인 하늘의 천이 있다면,
어둠과 빛 어스름으로 물들인
파랗고 희뿌옇고 검은 천이 있다면,
그 천을 그대 발밑에 깔아드리련만.
나는 가난하여 가진 것이 꿈뿐이라
내 꿈을 그대 발밑에 깔았습니다.
사뿐히 밟으소서.
그대 밟는 것 내 꿈이오니.

살아 있는 모든 것은 소중하다

크리스티나 로세티

살아 있는 모든 것은 소중하다.

무당벌레도 나비도,

회색 날개를 가진 나방도,

즐겁게 노래하는 귀뚜라미도,

가볍게 뛰어오르는 메뚜기도,

춤추는 모기도,

통통한 딱정벌레도,

살금살금 기어가는 저 이름 모를 벌레도.

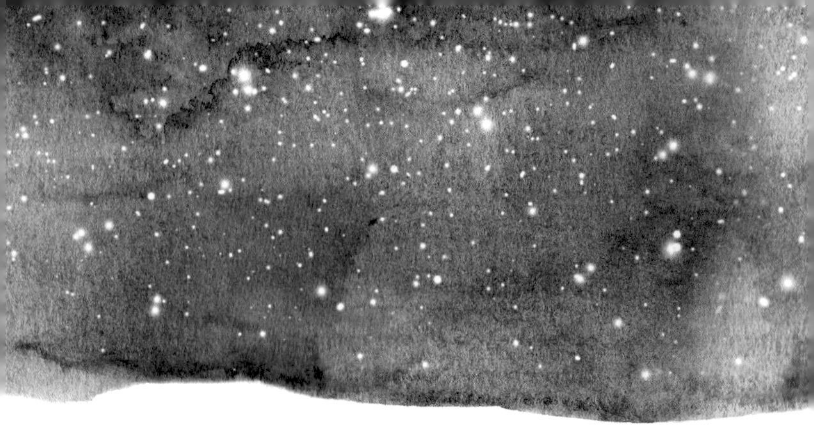

빛나는 별이여

존 키츠

빛나는 별이여,
나 또한 그대처럼 한결같이
존재하길 원합니다.
높은 밤하늘에 앉은 그대처럼
외로이 빛을 발하며
잠도 잊고 정진하는 자연계의 은둔자되어,
인간 세상의 기슭을 깨끗이 씻어주는
출렁이는 저 바다의 물결을,
사제다운 자세를,
영원히 뜬눈으로 지켜보고자 함이 아닙니다.

혹은 산과 황량한 벌판에 살포시 내린
하얀 눈의 눈부신 단장을
응시하고자 함도 아닙니다.
아닙니다, 그건 아닙니다.
나는 오직 보다 더 한결같이,
보다 더 변함없이
아리따운 그대의 젖가슴을 베개삼아
영원히 그 아늑한 기분을 느끼면서
영원히 감미로운 설렘으로 잠 깨어
언제까지나, 언제까지나
그대 고운 숨결 들으면서
영원토록 살고자 합니다.
그렇게 못할 거라면
나 여기에 아련히 숨을 거두고 싶습니다.

취한 배

아르튀르 랭보

그래, 난 너무 많은 눈물을 흘렸다.

새벽은 비통해 가슴을 에는 듯하다.

달은 잔혹하고 태양은 가혹하기만 하다.

쓰디 쓴 사랑은 마비된 취기로 날 가득 채우네.

나의 선체는 산산히 조각나버려라.

나는 바다로 가련다.

꾹 누르고 싶다

존 아가드

이 둥근 세상을 꾹 눌러서
새로운 모양으로 만들고 싶다.

이 둥근 세상을 꾹 눌러서
시냇물과 물고기와 나무들이
많이 살게 하고 싶다.

이 둥근 세상을 꾹 눌러서
공평하고 편견 없는 세상으로
만들고 싶다.

이 둥근 세상을 꾹 눌러서
가난도 전쟁도 없는 세상으로
만들고 싶다.

세상 모든 사람들이 행복해질 때까지
이 둥근 세상을 누르고 또 누르고 싶다.

길

윤동주

잃어버렸습니다.

무얼 어디다 잃었는지 몰라

두 손이 주머니를 더듬어

길에 나아갑니다.

돌과 돌이 끝없이 연달아
길은 돌담을 끼고 갑니다.
담은 쇠문을 굳게 닫아
길 위엔 그림자를 드리우고
길은 아침에서 저녁으로
저녁에서 아침으로 통했습니다.

돌담을 더듬어 눈물짓다
쳐다보면 하늘은 부끄럽게 푸릅니다.
풀 한 포기 없는 내가 이 길을 걷는 것은
담 저쪽에 내가 남아 있는 까닭이고
내가 사는 것은 다만
잃은 것을 찾는 까닭입니다.

아이들을 위한 기도

김시천

당신이 이 세상을 있게 한 것처럼
아이들이 나를 그처럼 있게 해주소서.
불러 있게 하지 마시고
내가 먼저 찾아가 아이들 앞에
겸허히 서게 해주소서.
열을 가르치려는 욕심보다
하나를 바르게 가르치는 소박함을
알게 하소서.
위선으로 아름답기보다는
진실로써 피 흘리길 차라리 바라오며
아이들의 앞에 서는 자 되기보다
아이들의 뒤에 서는 자 되기를
바라나이다.
당신에게 바치는 기도보다도
아이들에게 바치는 사랑이 더 크게 해주시고
소리로 요란하지 않고
마음으로 말하는 법을 깨우쳐주소서.

당신이 비를 내리는 일처럼
꽃밭에 물을 주는 마음을 일러주시고
아이들의 이름을 꽃처럼 가꾸는 기쁨을
남몰래 키워 가는 비밀 하나를
끝내 지키도록 해주소서.
흙먼지로 돌아가는 날까지
그들을 결코 배반하지 않게 해주시고
그리고 마침내 다시 돌아와
그들 곁에 순한 바람으로
머물게 하소서.
저 들판에 나무가 자라는 것처럼
우리 또한 착하고 바르게 살고자 할 뿐입니다.
저 들판에 바람이 그치지 않는 것처럼
우리 또한 우리들의 믿음을 지키고자 할 뿐입니다.

승자와 패자

디아스포라

승자는 언제나 답을 제시하는 편이지만,
패자는 언제나 문제를 제기하는 편이다.
승자는 언제나 계획을 하지만,
패자는 언제나 변명을 한다.
승자는 "너를 위해 내가 그것을 하겠다"고 말하지만,
패자는 "그것은 내 일이 아니다"라고 말한다.
승자는 모든 문제에서 답을 찾아내지만,
패자는 모든 답에서 문제를 찾아낸다.
승자는 모든 모래 구덩이 근처에서 초원을 찾아내지만,
패자는 모든 초원 근처에서 두세 개의
모래 구덩이를 찾아낸다.

승자는 "어렵겠지만 가능하다"고 말하지만,
패자는 "가능하지만 너무 어렵다"고 말한다.
승자는 항상 할 수 있다고 말하지만,
패자는 항상 할 수 없다고 말한다.
승자는 일을 해결할 수 있는 방법을 찾지만,
패자는 일을 피할 수 있는 방법을 찾는다.
승자의 입에는 솔직함이 가득 차고,
패자의 입에는 핑계만 가득 찬다.
승자는 넘어지면 일어나 앞을 보고,
패자는 일어나 뒤를 본다.
승자는 패자보다 열심히 일하지만 시간의 여유가 있고,
패자는 승자보다 게으르지만 늘 "바쁘다"고 말한다.
승자의 하루는 25시간이고,
패자의 하루는 23시간밖에 안 된다.
승자는 구름 위의 태양을 보고,
패자는 구름 속의 비를 본다.

사랑하는 까닭

한용운

내가 당신을 사랑하는 것은
까닭이 없는 것이 아닙니다.
다른 사람들은 나의 홍안만을 사랑하지마는
당신은 나의 백발도 사랑하는 까닭입니다.

내가 당신을 사랑하는 것은
까닭이 없는 것이 아닙니다.
다른 사람들은 나의 미소만을 사랑하지마는
당신은 나의 눈물까지도 사랑하는 까닭입니다.

내가 당신을 기다리는 것은
까닭이 없는 것이 아닙니다.
다른 사람들은 나의 건강만을 사랑하지마는
당신은 나의 죽음도 사랑하는 까닭입니다.

할 수 있는 한

존 웨슬리

할 수 있는 한 최선을 다하라.

당신이 할 수 있는 모든 수단과

당신이 할 수 있는 모든 방법으로

당신이 할 수 있는 모든 장소에서

당신이 할 수 있는 모든 시간에

당신이 할 수 있는 모든 사람에게

당신이 할 수 있는 한 오래오래.

수선화

윌리엄 워즈워스

산골짜기 언덕 위 높은 하늘에
떠도는 구름처럼 이내 혼자서
지향 없이 떠돌다 보았다.
한 무리 모여 있는 황금 수선화
호숫가 수목이 우거진 그늘
미풍에 나부끼며 춤을 추었다.

은하수 물가 저 멀리
반짝이며 비치는 별들과 같이
호반의 가장자리를 따라
끊임없이 줄지어 피어 있는 수선화.
천만 송이 꽃들이
머리를 흔들면서 춤을 추었다.

주위의 물결도 춤을 추건만
반짝이는 그 물결 어찌 따르리.
그처럼 즐거운 친구 속에서
어찌 시인인들 즐겁지 않으리.
나는 하염없이 바라보았다.
그 정경의 보배로움은 생각도 않고.

헛된 생각에 깊이 잠겨
내 침상 위로 외로이 누웠을 때
고독의 축복인 마음의 눈에
홀연 번뜩이는 수선화.
그때 내 가슴은 즐거움에 넘치고
마음은 황금 수선화와 함께 춤추었다.

상상할 수 없는 일

조앤 폴슨

내 친구 샤히즈는 숲으로 둘러싸인
인도의 작은 마을이 고향이다.
그곳에 할머니와 증조할머니도 살아 계신다.
그곳에는 텔레비전도 없고 차도 없다.
무엇보다도 학교에 가지 않는다.
나는 그 점이 마음에 들었지만
샤히즈를 보며 이렇게 말했다.
"그런 일은 정말 상상할 수도 없어."

그런 나를 보고 샤히즈가 말했다.
"하지만 우리 마을에는 그 어느 누구도 각자 살거나
또 혼자 외롭거나 가난하지 않아.
밤에 사람들이 모여 서로 이야기를 나누지.
마을 사람들은 밤마다
서로 이야기의 한 토막씩 가지고 와서
달빛 아래 모여 앉아 이야기를 잇고 맞춰봐.
멀리서 표범이 기침을 해대고,
원숭이들이 킬킬거리지만

사람들은 아랑곳없이 재미있고 행복한
이야기를 만들어내지."
내가 말했다.
"그런 일은 상상할 수도 없어."

신문에도 나오지 않고 텔레비전에서도
말해주지 않는 것을
샤히즈처럼 똑똑하고 침착한 친구가 말해줄 때
분명히 그런 마을이 있다는 것을
그렇게 살아도 행복한 사람들이 있다는 것을
믿을 수 있을 것 같다.

나는 샤히즈를 똑바로 쳐다보며
그런 마을에서의 삶을 상상해보았다.
그곳에서 살고 있는 나의 모습을 상상해보았다.
하지만 상상할 수가 없었다.

부딪혀라

피테르 르노프

고통을 피하지 마라.
겪어내야 하는 고통 앞에서
당신은 많은 것을 배우리라.
산고로 인해 생명의 탄생이 더욱 값지며
이별의 아픔으로 인해 만남의 기쁨이 커지리라.
행복이란 겪어낸 어려움을 통해서만
그 크기를 가늠할 수 있으며
고난과 갈등이 클수록 사랑 또한 깊어지리라.
그러니 그것이 아무리 힘들다 해도
누군가의 사랑을 피하지 마라.
아직 오지 않은 이별이 두려워 미리 물러서지 마라.
사랑 속에서 자신을 훌륭하게 발전시켜 가라.

청춘

사무엘 울만

청춘이란
인생의 어느 기간을 말하는 것이 아니라
마음의 상태를 말한다.
그것은 장밋빛 뺨, 앵두 같은 입술,
하늘거리는 자태가 아니라,
강인한 의지, 풍부한 상상력, 불타는 열정을 말한다.

청춘이란
인생의 깊은 샘물에서 오는 신선한 정신,
유약함을 물리치는 용기,
안이를 뿌리치는 모험심을 의미한다.

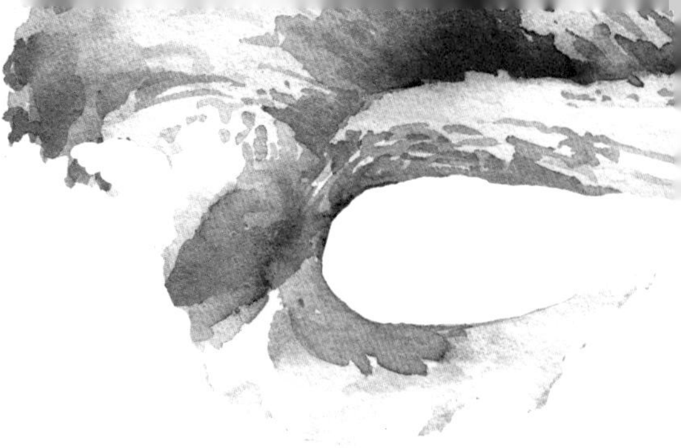

때로는 이십의 청년보다
육십이 된 사람에게 청춘이 있다.
나이를 먹는다고 해서 우리가 늙는 것은 아니다.
이상을 잃어버릴 때 비로소 늙는 것이다.

세월은 우리의 주름살을 늘게 하지만
열정을 가진 마음을 시들게 하지는 못한다.
고뇌, 공포, 실망 때문에 기력이 땅으로 떨어질 때
비로소 마음이 시들어버리는 것이다.

육십 세이든 십육 세이든
모든 사람의 가슴속에는 놀라움에 끌리는 마음,
젖먹이 아이와 같은 미지에 대한 끝없는 탐구심,
삶에서 환희를 얻고자 하는 열망이 있는 법이다.

그대와 나의 가슴속에는
남에게 잘 보이지 않는 그 무엇이 간직되어 있다.
아름다움, 희망, 희열, 용기,
영원의 세계에서 오는 힘,
이 모든 것을 간직하고 있는 한
언제까지나 그대는 젊음을 유지할 것이다.

영감이 끊어져 정신이 냉소라는 눈에 파묻히고

비탄이란 얼음에 갇힌 사람은

비록 나이가 이십 세라 할지라도

이미 늙은이와 다름없다.

그러나 머리를 드높여

희망이란 파도를 탈 수 있는 한

그대는 팔십 세일지라도

영원한 청춘의 소유자인 것이다.

우리에게 필요한 모든 것

스티브 터너

속을 든든하게 해줄 음식
해를 가릴 챙 넓은 모자
갈증을 풀어줄 시원한 물
따뜻한 밤을 위한 담요 한 장

세상을 가르쳐줄 선생님
발을 감싸줄 튼튼한 신발
몸에 잘 맞는 바지와 셔츠
포근한 보금자리와 작은 난로

우리를 사랑하는 사람들

우리가 사랑하는 사람들

내일을 위한 희망

마음을 밝혀줄 등불 하나

세상의 모든 빛깔들

쉴라 해머나카

아이들은 세상에 존재하는 모든
자연의 빛깔 속에서 자라납니다.
솟구쳐 오르는 독수리와
으르렁거리는 곰들의 진한 회색
늦은 여름 속삭이는 잔디의 금빛 물결
떨어진 나뭇잎의 바스락거리는 갈색
잔잔한 바닷가 작은 조개껍질들의 짤랑거리는 보랏빛
그 모든 빛깔들과 함께 자라납니다.

아이들은 장난꾸러기 어린 양들처럼
팔딱팔딱 뛰기도 하고
시냇물처럼 졸졸거리지만 부드럽기도 하며
낮잠에서 깨어난 졸린 고양이의 눌린 털 같은 머리처럼
힘없고 순진하기도 합니다.

그 무한한 모습 속에서 아이들은
자연과 사랑의 모든 빛깔을 배우고 담아냅니다.
사랑은 계피나무, 호두나무, 사과나무 속에서 옵니다.
그래서 사랑은 황갈색이고, 아이보리색이고,
빨간색입니다.
캐러멜처럼, 초콜릿처럼, 벌꿀처럼 달콤합니다.

표범의 점박이 무늬처럼 어둡기도 하고
모래처럼 반짝이기도 하는 아이들은
하늘 높이 웃음을 붕붕 날립니다.
우리들이 사는 땅에 입 맞추며.

행복하고 자유로운 나비처럼
햇빛 속에서 아이들은
대지와 하늘과 바다의 모든 빛깔들 속에서 자랍니다.

연

차이롱

땅 위에 내려앉은 연은
그저 종이와 실일 뿐입니다.
하지만 둥실둥실 하늘로 떠오르면
연은 춤추고 노래합니다.
하늘을 나는 연은
흥겹게 춤추고 재잘댑니다.
하지만 땅 위로 사뿐히 내려앉으면
그저 실과 종이일 뿐입니다.

나를 화나게 하는 것들

테레사 드 제수스

지저분하고, 못 먹고, 눈물 흘리는
어린아이를 볼 때
나는 화가 납니다.

쓰레기통에 버려진 음식을 볼 때
가난한 사람이 그 음식을 골라 집어먹을 때
나는 화가 납니다.

작고 나이 든 사내가
종착역에서 잠든 것을 볼 때
나는 화가 납니다.

스물여섯 살 젊은이가
노인처럼 구부정한 몸에 초췌한 얼굴을 하고 있을 때
나는 화가 납니다.

가난한 사람들이 지난달 월급을 받기 위해
부자들의 사소한 일이 끝나기를 기다리는 것을 볼 때
나는 화가 납니다.

나는

천포만

나는 사람입니다.

생각할 수 있고, 볼 수도 있는

좀 특별한 존재라고 할 수 있습니다.

개, 고양이 같은 동물과는 조금 다르지요.

몸속에 영혼이 깃들어 살고 있는

만물의 영장이라고도 합니다.

나는 머릿속에 전기가 필요 없는 특별한

컴퓨터를 가지고 있습니다.

그놈은 하루 종일 작동합니다.

그놈이 작동하지 않으면 나는 움직이지 않습니다.

나는 특별한 펌프를 가지고 있습니다.
내 몸 구석구석 피를 전달해주는 펌프지요.
그놈도 전기가 필요 없습니다.

나의 왼쪽 가슴에 있지만
그놈은 멈추지도 않고 지치지도 않습니다.
그놈이 멈추면 나도 멈추지요.

나는 또한 전기로는 도저히 안 되는
사랑을 가지고 있답니다.
화해와 용서와 나눌 줄 아는 마음도 가지고 있습니다.
그것이 바로 사람입니다.

희망

캐서린 맨스필드

인생은 평화와 행복만으로는 지속될 수 없다.

고통과 노력이 필요하다.

고통을 두려워하지 말고 슬퍼하지 말라.

참고 인내하면서 노력해가는 것이 인생이다.

희망은 언제나 고통의 언덕 너머에서 기다린다.

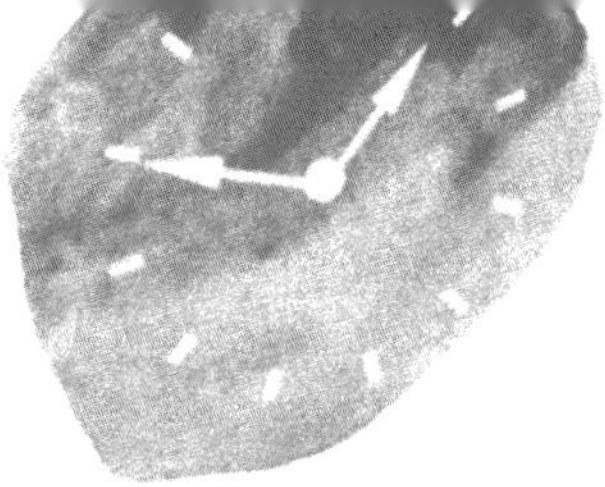

시간은

헨리 반 다이크

시간은,
기다리는 이들에겐 너무 느리고
걱정하는 이들에겐 너무 빠르고
슬퍼하는 이들에겐 너무 길고
기뻐하는 이들에겐 너무 짧다.
하지만 사랑하는 이들에겐
그렇지 않다.

어쩌면 별들이 너의 슬픔을 데려갈 것이다.
어쩌면 꽃들이 아름다움으로
너의 가슴을 채울지 모른다.
어쩌면 희망이 너의 눈물을
영원히 닦아 없애줄 것이다.
그리고 무엇보다도,
침묵이 너를 강하게 만들 것이다.

사랑이 어떻게 너에게로 왔는가

라이너 마리아 릴케

사랑이 어떻게 너에게로 왔는가.
햇빛처럼 꽃보라처럼
또는 기도처럼 왔는가.

행복이 반짝이며 하늘에서 몰려와
날개를 거두고
꽃피는 나의 가슴에 걸려온 것을.

하얀 국화가 피어 있는 날
그 집의 화사함이
어쩐지 마음에 불안하였다.
그날 밤 늦게, 조용히 네가
내 마음에 닿아왔다.

나는 불안하였다.
아주 상냥하게 네가 왔다.
마침 꿈 속에서 너를 생각하고 있었다.
네가 오고 은은히 동화에서처럼
밤이 울려 퍼졌다.

밤은 은으로 빛나는 옷을 입고
한 주먹의 꿈을 뿌린다.
꿈은 속속들이 마음속 깊이 스며들어
나는 취한다.

어린 아이들이 호도와
불빛으로 가득한 크리스마스를 보듯
나는 본다. 네가 밤 속을 걸으며
꽃송이 송이마다 입 맞추는 것을.

가지 않은 길

로버트 프로스트

노랗게 물든 숲 속에 두 갈래 길이 있었습니다.
한 사람의 몸으로 두 길을 다 가볼 수 없어
아쉬운 마음으로 그곳에 서서
한쪽 길이 덤불 속으로 감돌아 간 끝까지
한참을 그렇게 바라보았습니다.

그리고는 다른 쪽 길을 택했습니다.
먼저 길에 못지않게 아름답고
어쩌면 더 나은 듯도 했습니다.
사람들이 밟은 흔적은 비슷했지만
풀이 더 무성하고 사람의 발길을
기다리는 듯해서였습니다.

그날 아침 두 길은 모두 아직
발자국에 더럽혀지지 않은 낙엽에 덮여 있었습니다.
먼저 길은 다른 날로 미루리라 생각했습니다.
길은 길로 이어지는 것이기에
다시 돌아오기 어려울 거라 알고 있었지만
먼 훗날 어디에선가
나는 한숨 쉬며 이야기를 할 것입니다.
"숲 속에 두 갈래 길이 있어
나는 사람이 덜 다닌 길을 택했습니다.
그리고 그것이 내 인생을 이처럼 바꿔놓은 것입니다"
라고.

봄의 목소리

헤르만 헤세

어느 소년 소녀들이나 알고 있다.

봄이 말하는 것을.

살아라, 뻗어라, 피어라, 바라라,

사랑하라, 기뻐하라, 새싹을 움트게 하라,

몸을 던져 삶을 두려워 말라.

팬케이크 반죽하기

크리스티나 로세티

팬케이크를 반죽한다.

부지런히 젓는다.

팬 위에 올리고는

한쪽 면을 익힌다.

날쌔게 뒤집는다.

할 수만 있다면!

세상도 뒤집어보고 싶다.

내일은 없다

엔젤 도우

나는 내일 죽을 것이다.
그러나 나는 아직 태어나지도 않은 생명체다.
나의 엄마는 후회하지 않는 듯하다.
나는 사랑의 부산물인 눈물을 흘렸다.

나는 절대 하루의 빛을 보지 못할 것이다.
나는 절대 꽃의 향기를 맡지 못할 것이다.
나는 절대 해변을 홀로 걸어보지 못할 것이다.
나는 절대 4월의 소나기가 떨어지는 모습을 보지 못할 것이다.

사랑의 상처를 입어보지도 못할 것이다.
나는 절대 포옹이나 입맞춤도 해보지 못할 것이다.
내가 하늘나라로 떠났을 때,
누군가 나를 그리워하길.

오늘은 내가 살아 있는 마지막 날.

나의 마지막 생각, 나의 마지막 숨.

내가 줄 수 있는 모든 것을 생각한다.

그러나 내일은 빠르게 지나갈 것이다.

최고의 친구

안나 에반

나는 결코
우리가 만났던 날을 잊을 수가 없을 것이다.
내가 겪었던 많은 날들 중에
그때만큼 특별한 날은 없었다.
그날 나는 절대 사라지지 않을
진정한 우정을 느꼈다.
그날 나는 최고의 친구를 얻었다.
이 세상과 작별할 때까지
내 삶을 공유할 사람.
나의 심장을 어루만지는 듯한 사람.

시작부터 특별했고 바른길로 향하던 날.

“너 없이 내가 무엇을 하겠니.”

너는 종종 이렇게 말한다.

모든 상황에서 나를 특별하게 만들어주는 사람.

나의 친구인 너 없이는 어떤 것도 할 수 없어.

너는 항상, 항상 나의 친구일 것이다.

너는 나를 도왔고,

너는 나를 사랑했고,

친구란 그런 것이니까.

나의 친구

“너 없이 나는 무엇을 할 수 있을지 모르겠어.

너는 항상 특별하고, 항상 그곳에 있을 거야.”

나는 최고의 친구를 소유했다.

새로운 사랑 새로운 생명

요한 볼프강 폰 괴테

끊어지지 않을

마법의 실로

귀엽고 유쾌한 소녀는

나를 여지없이 묶고 만다.

소녀의 마법 가락지에 붙들려

나의 생명은 소녀의 것.

얼마나 커다란 변화인가,

사랑이여 사랑이여 나를 놓아주소서.

외딴 마을의 빈집이 되고 싶다

이해인

나는 문득
외딴 마을의
빈집이 되고 싶다.

누군가 이사 오길 기다리며
오랫동안 향기를 묵혀둔
쓸쓸하지만 즐거운 빈집.

깔끔하고 단정해도
까다롭지 않아 넉넉하고
하늘과 별이 잘 보이는
한 채의 빈집.

어느 날
문을 열고 들어올 주인이
'음, 마음에 드는데……'
하고 나직이 속삭이며 미소 지어줄
깨끗하고 아름다운 빈집이 되고 싶다.

농부와 시인

김용택

아버지는
풀과 나무와 흙과 바람과 물과 햇빛으로
집을 지으시고
그 집에 살며
곡식을 가꾸셨다.

나는 무엇으로 시를 쓰는가.

나도 아버지처럼
풀과 나무와 흙과 바람과 물과 햇빛으로
시를 쓰고
그 시 속에서 살고 싶다.

종이배

라빈드라나트 타고르

매일매일 한 척씩 나는 종이배를
흐르는 강물 위에 띄워 보냅니다.
종이배에는 커다란 검은 글씨로
내 이름과 내가 사는 마을 이름을 적어두었지요.
나는 낯선 곳의 누군가가 그것들을 발견하고
내가 누구인지 알아주었으면 좋겠습니다.
나는 정원에서 꺾은 작은 꽃을
종이배 위에 올려놓았습니다.
나는 이 새벽의 꽃송이들이 밤의 땅거미까지
안전하게 흘러가기를 바랍니다.
나는 종이배를 띄웁니다.
그리고 하늘과 바다를 봅니다.
몽실몽실 작은 구름들도 하늘을 항해합니다.
하늘에 있는 놀이 친구들이
나의 배와 경주하기 위해 구름들을
띄워 보낸 것이 아닐까요!

밤이 되면, 나는 얼굴을 무릎에 파묻고
나의 종이배가 밝은 별빛 아래에서
계속해서 흘러가는 꿈을 꿉니다.
잠의 요정들이 별빛 사이로 항해를 합니다.
배 하나 가득 꿈을 싣고서.

답

소피주

답이 없다는 것도
하나의 답이다.
소박하게 먹고
조심스럽게 말하고
아무에게도 상처주지 마라.

사랑스런 추억

윤동주

봄이 오던 아침, 서울 어느 쪼그만 정거장에서
희망과 사랑처럼 기차를 기다려,

나는 플랫폼에 간신히 그림자를 떨어뜨리고,
담배를 피웠다.

산골 아낙네

로버트 프로스트

당신이나 나는
너무 걱정이 많은가 봐요.

새들이 집 근처에 와서
작별 인사를 할 때도 걱정,
또 새들이 무언지 노래하며
돌아올 때도 걱정이거든요.

따지고 보면 우리는
어떤 일은 너무 기뻐하는 반면
어떤 일은 지나치게 슬퍼하거든요.

새들은 서로 저희들끼리
그들이 지었거나 파놓은 집에서
만족하며 살 뿐이건만.

할 수 있겠니?

니콜라스 귈렌

보이지는 않으면서 누군가를 흔들어대는 바람
다른 존재에 부딪히면서 자기 존재를 드러내는 바람
고단한 우리들의 얼굴과 머리카락을 간질이는 바람아
그 바람을 내게 좀 팔 수 있겠니?

크고 강한 태풍보다는
부드러운 바람을 팔고 싶다고?
그래, 그 바람은 분명
새들이 지저귀고 꽃들이 만발한
아름다운 정원을 지나온 바람일 거야.

그 부드러운 바람을 10페니어치만 사면 안 되겠니?
그 바람은 냉정하게 휙 스쳐 지나가지도 않겠지.
나비처럼, 어느 누구에게도 속하지 않고 자유롭겠지.

때로는 먹구름으로 가득하지만 한없이 푸른 하늘
새들의 마당인 하늘
우리의 마음을 비춰주는 하늘아
그 하늘을 내게 좀 팔 수 있겠니?

집을 산 것처럼 정원과 나무들을 산 것처럼
그래서 가꾸는 것처럼
너의 하늘 한 조각을
하늘 1달러만
하늘 2마일만
팔 수 있겠니?

그 어느 누구에게도 속하지 않는
바람과 하늘을 살 수 있다면
그래서 나도 더불어 자유롭게 흐를 수 있다면.

절망하지 마라

프란츠 카프카

절망하지 마라.

비록 그대의 모든 형편이

절망할 수밖에 없다 하더라도

절망하지 마라.

이미 일이 끝장난 듯싶어도

결국은 또다시 새로운 힘이 생기게 된다.

무지개

윌리엄 워즈워스

하늘의 무지개를 볼 때마다
내 가슴 설레느니.
나 어린 시절에 그러했고
다 자란 오늘에도 그러하며
늙어서도 그러하리.
그렇지 않다면 차라리 죽음이 나으리라.
어린이는 어른의 아버지.
나의 인생의 나날들이
자연의 경건함 속에 머물기를.

언제나 기쁨입니다

폴 안네마르트

오늘도 변함없이 저 여름 하늘을
붉게 물들이는 태양을 바라보며
온 세상에 깃든 따스함을
가슴 깊이 호흡하는 것은
언제나 기쁨입니다.

오늘도 변함없이 저 겨울 하늘에
홀로 떠 있는 둥근 달을 바라보며
온 세상에 깃든 차가움에
가슴 시린 것은
언제나 아픔입니다.

배가 향하는 곳

로버트 루이스 스티븐슨

짙은 갈색의 강
모래는 금빛으로 빛납니다.
양손으로 나무들을 품고서
강물은 끝없이 흘러갑니다.

태양을 머금은 초록빛 나뭇잎도
물방울로 만들어진 작은 성도
내 하얀 종이배도 강물을 따라 흘러갑니다.
모두들 어디로 향하고 있는 걸까요?

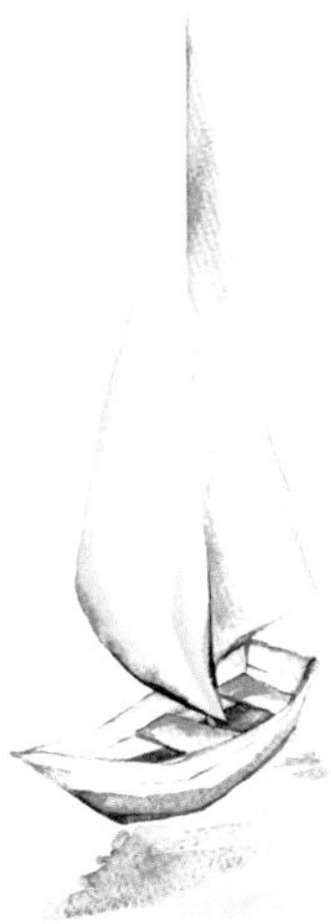

둥실둥실 강물을 따라
뱅글뱅글 풍차를 지나
깊은 계곡 사이로
높은 언덕 아래로.

저 강물이 이어진
멀고 먼 그곳에서
나만큼 작은 어린아이가
내 배를 강가로 끌어올려 주겠지요.

너를 위한 시간

작자 미상

차 주전자에 물을 올렸고, 컵도 준비되었다.

아끼는 의자도 미리 준비해두었다.

내가 무엇을 해야만 하는지는 중요치 않다.

나의 친구, 항상 너를 위해 준비하고 있다.

큰 싸움

작자 미상

한 늙은 인디언 추장이 손자에게 자신의 내면에서 일어나고 있는 '큰 싸움'에 관해 이야기하고 있었습니다.

그 싸움은 나이 어린 손자의 마음속에도 일어나고 있다고 말했습니다. 추장은 궁금해하는 손자에게 설명했습니다.

"얘야, 이 싸움은 우리 모두의 속에서 일어나고 있단다. 두 늑대간의 싸움이란다. 한 마리는 악한 늑대로서 그놈이 가진 것은 화, 질투, 슬픔, 후회, 탐욕, 거만, 자기동정, 죄의식, 회한, 열등감, 거짓, 자만심, 우월감, 그리고 이기심이란다. 한 마리는 좋은 늑대인데 그가 가진 것들은 기쁨, 평안, 사랑, 소망, 인내심, 평온함, 겸손, 친절, 동정심, 아량, 진실, 그리고 믿음이란다."

손자가 추장 할아버지에게 물었습니다.

“어떤 늑대가 이기나요?”

추장은 간단하게 대답했습니다.

“내가 먹이를 주는 놈이 이기지.”

서시

윤동주

죽는 날까지 하늘을 우러러
한점 부끄럼이 없기를.
잎새에 이는 바람에도
나는 괴로워했다.

별을 노래하는 마음으로
모든 죽어가는 것을 사랑해야지.
그리고 나에게 주어진 길을
걸어가야겠다.

오늘 밤에도 별이 바람에 스치운다.

가난한 사람들

글로리아 게바라

도시의 모든 쓰레기들이
버려지는 곳에 갔습니다.

그곳에서 낡은 봉투와
녹슨 깡통과
해진 신발과
찌그러진 종이 상자를 줍는
아이들을 보았습니다.

봉투에서 파리들이 기어 나와
아이들의 머리 위에 앉아도
아이들은 계속 폐품을 주워 담았습니다.
아무리 많이 주워 담아도
그들이 모은 것은 가난이었습니다.

동전을 꼭 쥐고

잭슨 브라운

낡고 오래된 동전을 가지고
길모퉁이 빵집으로 들어갔습니다.
갓 튀긴 도넛 두 개 집어 들고서
쥐고 있던 동전 하나를 내밀었습니다.
동전과 나를 번갈아 쳐다보고서
주인아주머니는 말씀하셨습니다.
"이 동전은 쓸모가 없어요."
돌아오면서 나는 생각했습니다.
이 배고픔도 쓸모가 없었으면.
쓸모없는 동전처럼
나는 이 도시를 걸어가고 있었습니다.

어쩌면

댄 조지 추장

어쩌면 별들이 너의 슬픔을 데려갈 것이다.
어쩌면 꽃들이 아름다움으로
너의 가슴을 채울지 모른다.
어쩌면 희망이 너의 눈물을
영원히 닦아 없애줄 것이다.
그리고 무엇보다도,
침묵이 너를 강하게 만들 것이다.

집은 장미로 가득하리라

프랑시스 잠

집은 장미와 꿀벌로 가득하리라.
오후 만도의 종소리 들려오고
투명한 옥빛 포도알들,
느슨한 그늘 아래 햇빛 받아 졸음에 겨운 듯하리라.
그곳에서 마음껏 당신을 사랑하리.
스물네 살의 이 마음을 고스란히 당신에게 바치리.
내 조소적인 마음과 자존심과 백장미의 시마저 바치리.
하지만 난 당신을 알지 못하고
당신 또한 내 곁에 있지 않다.
내가 아는 건 만일 당신이 살아 있다면
그리고 나처럼 이 초원의 어느 모퉁이에 자리하고 있다면
우리 서로 웃음 지으며 입 맞추리라는 것뿐.
황금빛 꿀벌 아래에서, 맑은 시냇가에서
우거진 나뭇잎 밑에서 입 맞추리라는 것뿐.

그땐 햇볕의 따사로움밖엔 들리는 것 없으리라.
당신의 귓가에 호두나무 그림자 드리워지면
우린 말로 못 다할 사랑을 속삭이기 위하여 웃음 거두며
입과 입을 하나로 섞으리라.
그리고 나는 당신의 빠알간 입술 위에
금빛 포도알이며 붉은 장미랑
벌꿀의 달콤함을 찾으리라.

마음껏 울어라

메리 캐서린 디바인

마음껏 슬퍼하라.

진정 슬픈 일에서 벗어날 유일한 길이니.

두려워 말고, 큰 소리로 울부짖고 눈물 흘려라.

눈물이 그대를 약하게 하지 않을 것이다.

눈물을 쏟고, 소리쳐 울어라.

눈물은 빗물이 되어

상처를 씻어줄 테니.

상실한 모든 것에 가슴 아파하라.

마음껏 슬퍼하라.

온 세상이 그대에게 등을 돌린 것처럼.

상처가 사라지면

눈물로 얼룩진 옛 시간을 되돌아보며

아픔을 이기게 해준

눈물의 힘에 감사할 것이다.

두려워 말고, 마음껏 소리치며 울어라.

상처

조르주 상드

덤불 속에 가시가 있다는 것을 안다.
하지만 꽃을 더듬는 내 손 거두지 않는다.
덤불 속의 모든 꽃이 아름답진 않겠지만
그렇게라도 하지 않으면
꽃의 향기조차 맡을 수 없기에
꽃을 꺾기 위해서 가시에 찔리듯
사랑을 얻기 위해
내 영혼의 상처를 견뎌낸다.
상처받기 위해 사랑하는 게 아니라
사랑하기 위해 상처받는 것이므로.

연금술

세라 티즈데일

봄이 빗속에서 노란 데이지 꽃을 들어 올리듯
나도 내 마음 들어 건배합니다.
고통만을 담고 있어도
내 마음은 예쁜 잔이 될 겁니다.

빗물을 방울방울 물들이는
꽃과 잎에서 나는 배울 테니까요.
생기 없는 슬픔의 술을
찬란한 금빛으로 바꾸는 법을.

만약 지는 해를 바라보며 미소 지을 수 있다면,

당신은 아직 희망이 있는 것입니다.

만약 아이들의 웃음이

여전히 당신의 가슴을 따스하게 만든다면,

당신에게는 아직 희망이 있는 것입니다.

만약 당신이 고요하게 명상할 수 있는

시간이나 장소를 고대한다면,

당신에게는 아직 희망이 있는 것입니다.

아름다운 소망

벤저민 스바냐

우리들이 살고 있는 별에는
모든 이들을 배부르게 할 만큼
충분한 음식이 있음을
나는 믿습니다.

모든 사람들이
함께 어우러져 평화롭게 사는 것이
가능함을
나는 믿습니다.

우리들이
총 없이도 살아갈 수 있으며
모든 이들이
똑같이 소중함을
나는 믿습니다.

선한 기독교도와
선한 이슬람교도와
선한 유대교도와

선한 무신론자들이 있음을
그리고 내가 신뢰하는
모든 이들의 마음에 선함이 깃들어 있음을
나는 믿습니다.

만일 믿지 않는다면
어떻게 시를 써 내려갈 수 있을까요.

날마다
목마름에 슬피 우는 아이들이 있음을
그리고 날마다
싸움을 벌이는 인종차별주의자들이 있음을

그럼에도 불구하고 날마다
어린아이들은 피부색과 상관없이
서로 어울려 뛰어놀고 있음을
나는 알고 있습니다.

그래서 나는 이 세상에
아직도 희망이 있다고 믿습니다.

그리고 부디 이와 같은
희망을 간직한 이들이 많기를 바랍니다.
그것이 바로 내가 소망하는 것이며
동시에 내가 믿는 것입니다.
나는 당신을 믿습니다.
진심으로 말입니다.

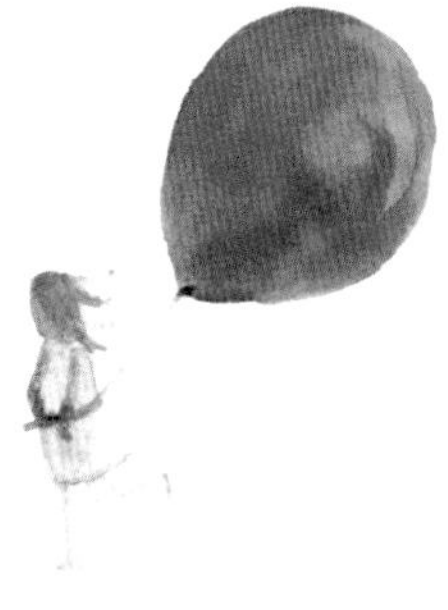

희망

조지 고든 바이런

폭풍이 부는 들판에도 꽃은 피고
지진 난 땅에서도 샘은 솟고
초토 속에서도 풀은 돋아난다.
밤길이 멀어도 아침 해는 동산을 빛내고
오늘이 고달파도 보람찬 내일이 있다.
오! 젊은 날의 꿈이여.
낭만이여, 영원히.

행복

헤르만 헤세

행복을 바라보고 좇아가는 것은
행복을 누릴 만큼 성숙하지 못한 것입니다.
모든 사랑이 당신의 것이 된다고 해도.

잃어버린 것이 아까워 한탄해도
목적을 가지고 초조하게 애쓰는 한
당신은 아직 평화가 무엇인지 모릅니다.

모든 희망을 포기하고
목적도 욕망도 다 버리게 되었을 때
행복, 행복하고 이름 붙여 바라지 않을 때

그때 비로소 세상의 흐름이
당신의 마음에 부딪히지 않을 것이며
당신의 영혼이 안식을 찾게 될 것입니다.

값진 삶을 살고 싶다면

프리드리히 니체

그대가 값진 삶을 살고 싶다면
날마다 아침에 눈을 뜨는 순간
이렇게 생각하라.

'오늘은 단 한 사람을 위해서라도 좋으니
누군가 기뻐할 만한 일을 하고 싶다'고.

진정 사랑한다는 것은

프리드리히 실러

진정 사랑한다는 것은
이별을 눈물로 대신하는 것이
절대로 아닙니다.
곁에 있는 사람이
먼 길을 떠나는 순간
사랑의 가능성이
모두 사라져간다 할지라도
그대 가슴속에 남겨진
그 사랑을 간직하면서
사랑하는 마음을 버리지 않는 것이
진정으로
사랑한다는 것입니다.

인생의 계절

존 키츠

한 해가 네 계절로 채워져 있듯
인생에도 네 계절이 있다.
활기찬 사람에게 봄은 그의 마음이
모든 것을 아름답게 받아들이는 때이며
여름은 화사하여 생기 넘치고
봄의 달콤한 기억을 사랑하면서
되새김질하는 때이니,
그의 꿈이 하늘 천정까지
높이 날아오르는 부푼 꿈을 꾼다.
영혼에 가을이 오면 꿈은 날개를 접고
올바른 것들을 놓친 잘못과 태만을
울타리 밖 실개천을 무심히 쳐다보듯
방관하여 체념하는 때이다.
겨울이 오면 창백하게 일그러진 모습이거나
죽음의 길을 먼저 가 있을 것이다.

꽃이 하고픈 말

하인리히 하이네

새벽녘 숲에서 꺾은 제비꽃
이른 아침 그대에게 보내드리리.
황혼 무렵 꺾은 장미꽃도
저녁에 그대에게 갖다드리리.

그대는 아는가.
낮에는 진실하고
밤에는 사랑해달라는
그 예쁜 꽃들이 하고픈 말을.

절벽 가까이로 부르셔서

로버트 슐러

절벽 가까이로
나를 부르셔서 다가갔습니다.
절벽 끝에 더 가까이 오라고 하셔서
더 가까이 다가갔습니다.

그랬더니 절벽에
겨우 발을 붙이고 서 있는 나를
절벽 아래로
밀어버리시는 것이었습니다.

물론 나는
그 절벽 아래로 떨어졌습니다.
그런데 나는 그때까지
내가 날 수 있다는 사실을 몰랐습니다.

죽음보다 더 나은 것을 택하라

루트비히 판 베토벤

사람은 선한 일을 할 때는

절대 죽음을 생각해서는 안 된다.

선한 일을 함으로써 삶의 보람을 찾아야 한다.

'인간은 선한 일을 할 수 있는 한

스스로 인생을 포기해서는 안 된다'는

글을 읽지 않았더라면

나는 이미 이 세상 사람이 아니었을 것이다.

당신은 아직 희망이 있습니다

작자 미상

만약 지는 해를 바라보며 미소 지을 수 있다면,
당신은 아직 희망이 있는 것입니다.

만약 당신이 작은 꽃송이의 빛깔에서
아름다움을 찾는다면,
당신에게는 아직 희망이 있는 것입니다.

만약 당신이 나비의 날갯짓 속에서
기쁨을 발견한다면,
당신에게는 아직 희망이 있는 것입니다.

만약 아이들의 웃음이
여전히 당신의 가슴을 따스하게 만든다면,
당신에게는 아직 희망이 있는 것입니다.

만약 당신이 다른 이들의 장점을 본다면,
당신에게는 아직 희망이 있는 것입니다.

만약 지붕 위로 떨어지는 빗소리를
자장가로 여길 수 있다면,
당신에게는 아직 희망이 있는 것입니다.

만약 당신이 무지개의 모습에 발걸음을 멈추고
경이로운 눈으로 바라본다면,
당신에게는 아직 희망이 있는 것입니다.

만약 손끝에서 미끄러지는 애완동물의
부드러운 털이 여전히 기분 좋게 느껴진다면,
당신에게는 아직 희망이 있는 것입니다.

만약 새로운 사람들을 만나는 게 즐겁고 흥분된다면,
당신에게는 아직 희망이 있는 것입니다.

만약 당신이 누군가를 너그러운 시선으로
바라본다면,
당신에게는 아직 희망이 있는 것입니다.

만약 당신이 인생에 있어서 소중한 사람들과
여전히 우정을 나눈다면,
당신에게는 아직 희망이 있는 것입니다.

만약 기대도 못했던 카드나 편지,
또는 선물을 받고 여전히 즐거운 마음으로
놀랄 수 있다면,
당신에게는 아직 희망이 있는 것입니다.

만약 다른 사람의 고통이
당신의 마음을 초조하게 하거나 아프게 한다면,
당신에게는 아직 희망이 있는 것입니다.

만약 당신의 우정이 사라지는 것이나
반드시 끝내야 한다는 것을 거부한다면,
당신에게는 아직 희망이 있는 것입니다.

만약 당신이 고요하게 명상할 수 있는
시간이나 장소를 고대한다면,
당신에게는 아직 희망이 있는 것입니다.

만약 당신이 크리스마스트리나
저녁 식탁을 꾸밀 작은 장식품을 산다면,
당신에게는 아직 희망이 있는 것입니다.

만약 당신이 과거를 뒤돌아보고 미소 지을 수 있다면,
당신에게는 아직 희망이 있는 것입니다.

만약 당신이 나쁜 상황에 직면해
모든 것이 무의미하다고 하소연하다가,
문득 고개를 들고 "그래, 하지만"이라고
대화의 방향을 바꿀 수 있다면,
당신에게는 아직 희망이 있는 것입니다.

희망은 가히 놀라운 것입니다.
그것은 구부러지기도 하고 뒤틀리기도 합니다.
때로는 숨어버리기도 하지만
절대 사라지는 법은 없습니다.

우리가 아무것도 할 수 없다고 느낄 때,
희망은 우리를 지탱해 줍니다.
또한 그만 포기해버리고 싶을 때,
계속해야 할 이유와 전진할 용기를 줍니다.

희망은 가슴이 마음먹은 대로 움직여주지 않을 때에도
얼굴에 미소가 번지게 합니다.

희망은 우리가 앞을 보지 못할 때에도
길을 걸어갈 수 있게 합니다.

희망은 우리의 영혼이 가야 할 길의
방향을 잡지 못할 때,
우리가 어떻게든 행동으로 옮기도록 도와줍니다.

희망은 아름답습니다.
그것은 소중하게 키워야 할 무엇입니다.
희망은 우리에게 신선함을 선사합니다.

희망은 우리 모두에게서 찾을 수 있습니다.
희망은 어둠 속에서 밝은 빛을 비춥니다.

희망을 버리지 마십시오!

삶의 밭

요한 볼프강 폰 괴테

눈물로 씨 뿌리지 않고
밭이랑에 물을 주지 않고서야
풍성한 알곡들을 거두리라고
우리는 기대할 수 없으리라.

이렇듯 우리의 신비한 세계를
아무런 대가도 없이 얻을 수는 없나니,
가시밭이든 혹은 꽃밭이든
삶의 밭은
우리가 뿌리는 대로 거둘 것이니라.

살아남은 자의 슬픔

베르톨트 브레히트

물론 나는 알고 있다.
오직 운이 좋았던 덕택에
나는 그 많은 친구들보다 오래 살아남았다.

그러나 지난밤 꿈속에서
이 친구들이 나에 대하여
이야기하는 소리가 들려왔다.

"강한 자는 살아남는다."
그러자 나는 자신이 미워졌다.

내 피부는

아프리카 어느 소녀

UN 선정 최고의 시

태어날 때 내 피부는 검은색

자라서도 검은색

태양 아래 있어도 검은색

무서울 때도 검은색

아플 때도 검은색

죽을 때도 나는 여전히 검은색이죠.

그런데 백인들은

태어날 때는 분홍색

자라서는 흰색

태양 아래 있으면 빨간색

추우면 파란색

무서울 때는 노란색

아플 때는 녹색이 되었다가

또 죽을 때는 회색으로 변하잖아요.

그런데 백인들은 왜 나를 유색인종이라 하나요?

하이쿠

마쓰오 바쇼

1

너무 울어서
텅 비어 버렸는가
이 매미의 허물은

2

얼마나 놀라운가
번개를 보면서도
삶이 한순간인 걸 모르다니

3

너와 나의 생애
그 사이에는
벚꽃의 생애가 있다

오! 나의 삶이여!

월트 휘트먼

영화 〈죽은 시인의 사회〉에서 키팅 선생이 읽어준 시

오, 나여! 오, 생명이여! 수없이 던지는 이 의문
믿음 없는 자들로 이어지는 도시
바보들로 넘쳐흐르는 도시
아름다움을 어디서 찾을까
오, 나여! 오, 생명이여!
대답은 한 가지
네가 거기에 있다는 것
생명과 존재가 있다는 것
화려한 연극은 계속되고
너 또한 한편의 시가 된다는 것
화려한 연극은 계속되고
너 또한 한편의 시가 된다는 것
여러분의 시는 어떤 것이 될까?

당신과 살던 집

권대웅

길모퉁이를 돌아서려고 하는 순간
후드득, 빗방울이 떨어지려고 하는 순간
햇빛에 꽃잎이 열리려고 하는 순간
기억날 때가 있다

어딘가 두고 온 생이 있다는 것
하늘 언덕에 쪼그리고 앉아
당신이 나를 기다리고 있다는 것

어떡하지 그만 깜빡 잊고
여기서 이렇게 올망졸망
나팔꽃 씨앗 아이들 낳아버렸는데
갈 수 없는 당신 집 와락 생각날 때가 있다

햇빛에 눈부셔 자꾸만 눈물이 날 때
갑자기 뒤돌아보고 싶어질 때
노을이 붕붕 울어댈 때
순간, 불현듯, 화들짝
지금 이 생만이 전부가 아니라는 생각이 들 때가 있다

기억의 공간과 갈피가 접혔다 펴지는 순간
그 속에 살던 썰물 같은 당신의 숨소리가
나를 끌어당기는 순간

아침 저녁으로 읽기 위하여

베르톨트 브레히트

사랑하는 이가 내게 말했네
당신에게 내가 필요하다고.

내가 조심하고 또 조심하는 것은
바로 그 때문이네.

지금 걷고 있는 이 길을
그토록 살피는 까닭도.

혹여라도 나를 상하게 할까
떨어지는 빗방울 하나까지 두려워하는 까닭도.

아담의 후예

사디

인류는 한 몸

한 뿌리에서 나온 영혼.

네가 아프면

나도 아프네.

그렇지 않다면

우리는 사람도 아니지.

상처 입은 사슴이 가장 높이 뛴다

에밀리 디킨슨

상처 입은 사슴이
가장 높이 뛴다.
사냥꾼이
그렇게 말하는 것을 들었다.
하지만 그것은 죽음의 황홀일 뿐
그러고 나면 덤불은 고요하다.

바위가 거세게 맞으면
물을 내뿜고
짓밟힌 강철은 튀어오른다.
열병이 찔러대는 곳에서
볼은 항상 더 붉은 법.

명랑의 갑옷으로 고뇌는

조심스레 무장을 한다.

아무도 피를 엿보고

"다쳤군요" 하고 외치지 않도록.

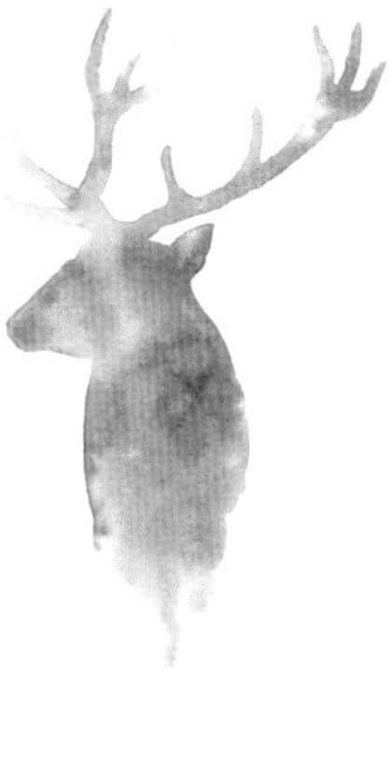